麦片盒里的水怪

图书在版编目(CIP)数据

塞姆：小勇士奇幻事件簿 /（法）凯蒙著；（法）
埃雷茨曼绘；史文心译.—青岛：中国海洋大学出版
社,2011.7

ISBN 978-7-81125-765-6

Ⅰ.①塞… Ⅱ.①凯… ②埃… ③史… Ⅲ.①儿童故
事—作品集—法国—现代 Ⅳ.I565.85

中国版本图书馆 CIP 数据核字（2011）第 154370 号

出版发行　中国海洋大学出版社
社　　址　青岛市香港东路 23 号　　　邮政编码　266071
出 版 人　杨立敏
网　　址　http://www.ouc—press.com
电子信箱　WJG60@126.com
订购电话　0532-82032573（传真）
责任编辑　魏建功　　　　　　　　电　　话　0532-85902121
印　　制　山东鸿杰印务有限公司
版　　次　2011 年 7 月第 1 版
印　　次　2011 年 8 月第 1 次印刷
成品尺寸　140 mm × 190 mm
印　　张　15
字　　数　146 千字
定　　价　88.00 元（全套 10 册）

麦片盒里的水怪

[法]于贝尔·本·凯蒙 / 著

[法]托马·埃雷茨曼 / 绘

史文心 / 译

中国海洋大学出版社

·青岛·

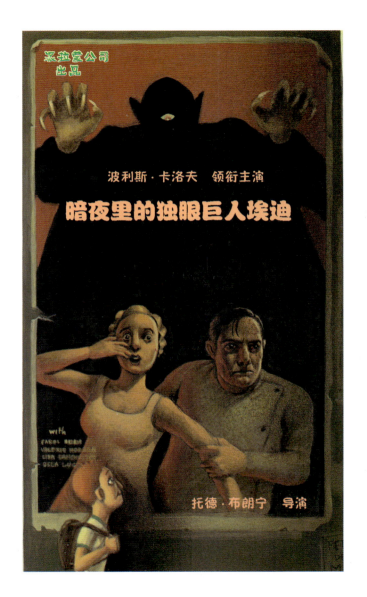

校园风潮

10月份流行彩色小灯珠。《暗夜里的独眼巨人埃迪》这部电影上映之后，每到课间休息，同学们就纷纷在前额扎起一根塑料带，带子中间是一颗闪烁的小小电灯珠，发着红光、绿光，或是蓝光。我们觉得自己不同凡响，仿佛天外来客。

对此，我妈妈不以为然地表示："你们看起来像亮着车灯的自行车似的……"

圣诞节一过，小灯珠也随之过时，取而代之的是荧光色小方巾。这股风潮是由摇滚歌手凯茜·罗尔的新唱片掀起的。这一次，老妈天天早晨看见我系上唱片附赠的小方巾去学校，已经无话可说了。

我的好伙伴李奥有两条这种方巾，每只手腕都系了一条。有些女生直接用它扎头发，或是当做发带戴在额头上。我那条是鲜艳的荧光红色，只是简单地系在脖子上，侧面打了个结。

到了6月份，新一季的流行品出现了。那就是文身贴纸。

贴纸可以很容易地在早餐麦片的盒子里找到。每个品牌的麦片都出了不同的系列，可以说是五花八门、多种多样。这些色彩鲜艳的贴纸用起来很方便，用湿润的沐浴手套或者海绵在背面一抹，图案就印在了皮肤上。过个三四天，文身就开始退色，这时，只消刮一刮，皮肤上就干干净净的了。

这图案太过逼真，以至于老妈发现一只"小蝎子"爬在我的小臂上时，发出了一阵极为恐怖的尖叫声（她要我为此事保密），我只好拿出麦片盒子给她看，才勉强压住了惊。

逢周二下午的游泳课，每个同学都借机秀出自己最新的斩获。

环顾泳池四周，最频繁见到的是12星座的文身，时不时也能遇见尖牙闪烁、栩栩如生的猛兽图案，以及口中喷火的飞龙，都值得欣赏一番。有些麦片盒子里也会附送花卉或是跑车造型的贴纸，甚至还有歌星的肖像，然而，我们之中还没有任何人幸运地在自己的麦片里找到传说中的魔力眼镜蛇贴纸。

"听说那种贴纸总共只有一张！"李奥在更衣室里透露。

"那个眼镜蛇到底有什么稀奇的啊？"皮耶里克问道，得意地欣赏着趴在自己胳膊上的孟加拉虎。

"物以稀为贵啊！独此一份，而且不像别的贴纸那么容易退色呢！"

说实在的，我并不怎么关心所谓的魔力眼镜蛇。蝎子文身洗掉之后，我找到了两张摩羯座，立刻拿去跟夏露特换了一张威风无比的霸王龙贴纸。直到某个周日的早晨，我才不得不关心起眼镜蛇的事情来——因为那张最为罕见的贴纸，居然从我的"脆多多燕麦片"里面冒了出来。

"太恐怖了！"吓得妈妈弄洒了咖啡。

我没说什么。要是有人看见我这时的表情，他一定会以为我手里拿着的是一张中了百万大奖的彩票。但我并不知道，我的运气远远不止这些……

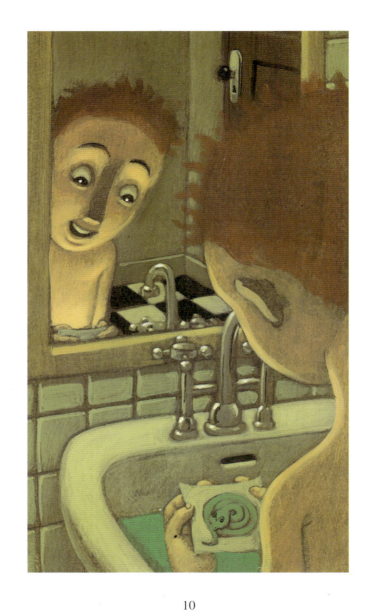

二

视若珍宝

卓越不凡
独一无二
极度珍稀
"魔力眼镜蛇"
快把贴纸翻过来→
它在等着你……

全身盘绕,嘴尾相抵,画里的它看起来已经入睡了。和我们经常见到的那种贴纸相比,这一张要大出足足两倍。我光着身子站在浴室的镜子前,想了又想,不知这么珍贵的文身该贴在哪里为好。

贴在胳膊上？只怕它太大了，贴不下;而且也太显眼，肯定又要惹得我妈妈吵个没完。

贴在胸前？这个主意也不太好。人家一看，还以为我进泳池忘记脱掉 T 恤衫呢。

贴到背后？我自己一个人很难把它贴得端正,何况,以后就只有在照镜子的时候才看得见它了。

最终,我决定把它贴在左肩上。这样一来,我就像肩头立着蛮横鹦鹉的海盗一样神气,而且,只要轻轻地一转头,就可以清清楚楚地端详它。

老妈在门外不耐烦地喊道：

"赛姆,你整个星期天都不打算从浴室里出来了啊？"

"两分钟就好！"说着,我又用沐浴手套在肩膀上抹了一遍贴纸。

"你快要把我逼疯了！"

我对这类牢骚早就习以为常。自从爸爸去世，她每个星期都要用这种话抱怨 10 次。不过，我还是加快了速度。来不及欣赏成果，我飞快地套上 T 恤衫，冲出浴室。

听到妈妈开始淋浴，我才拨了个电话给李奥。

"你今儿有什么安排啊？"我问道。

"没有特别的计划。中午我爸妈有朋友来家里做客，你知道，就是那种应酬……今天我肯定又不得安生了。你有什么好主意？"

"三点钟，咱们到萨波河边的那块沙滨石下见面，如何？可以一起游泳，然后……我有东西要给你看。"

"难道你买了新游泳衣？"

"不开玩笑的,哥儿们,等你看见了,一定不敢相信你的眼睛!"

萨波河对我们俩来说,就像美国人眼里的密西西比河一样伟大。从我家过去骑车只有10分钟的路程,因此,我很容易就和老妈谈判成功,赢得了一下午的自由时间。

午饭时,我的肩头很痒。文身图案在变干的过程中产生发痒的感觉,这很正常。而且我想,今天痒得比往常强烈,自然是因为新的图案面积更大的缘故。

跨上自行车之前,我又看了它一眼。它仍好端端地盘绕在那里,蛇吻朝着我脖颈的方向。我转动肩膀,带得它也仿佛转动起来,好玩极了。奇异的是,这条蛇被描绘得如此逼真,几乎令人误以为它

是条活物。还有,我先前在浴室里一定看
错了,竟以为它已经入睡;而此时看来,
它明明圆睁了双眼,正专注地望着我呢。
我往萨波河岸一路猛骑。肩上的刺痒迟
迟不散。

三

转眼成真

李奥正在河边的小沙滩上等我,无聊地打着水漂。我刚一下车,立即注意到他换了文身。几天前他胳膊上那只骄傲的水牛已经不见了,取而代之的是一只崭新的蓝色金龟子。李奥不等我把自行车锁好,就急不可待地问:

"可以说了吧?那个很厉害的玩意儿到底是什么?"

为了多享受一下这种感觉,我故意慢悠悠地把浴巾搭在石头上,没有回答。

"喂！是骗人的吧？"

"才不是呢！你看！"我一把脱下了T恤衫。

他一时间目瞪口呆，愣了几秒。一会儿看看我的肩膀，一会儿看看我，他终于结结巴巴地开口了：

"你……你弄到它了！它居然会落到你的手上！"

"喔，还好啦。也就是比别的文身大一些，画得好一些而已。"我故作谦虚地说。

其实，李奥这副震惊的样子让我心里很是得意。

"画得好一些而已？赛姆，你是在开玩笑吧？这绝对是无与伦比的宝贝啊！你看看这鳞片，阳光一照，多闪啊！再看看这牙，你见过别的文身有画得这么像的牙吗？帅呆了！”

我紧张地望了望自己的肩头。一阵颤栗传遍我的全身。它不仅醒着，眼睛清清楚楚地张开着，而且，它张开的大口里显露出了两颗可怕的钩牙。

“对啊！俩小牙挺漂亮的……”我畏畏缩缩地答道。

我没有眼花。这条蛇的姿态和麦片盒子里贴纸上的样子相比，确实发生了些许变化。它的脑袋比原先大了一倍，颈部独有的眼镜状斑纹也变得清晰可见。还有它的眼神……

“你真走运啊，赛姆。”李奥的声音哑哑的。

“你那只蓝色的金龟子也不错啊！咱们现在去河里游个泳吧？”

李奥没答话。他已经无法将目光从

眼镜蛇身上移开了。李奥看起来样子有点怪。他的眼睛圆圆的,澄澈得像两块玛瑙似的……

"李奥……"我小声唤他。

毫无反应。

"嘿！李奥！"

我几乎想抓住他的胳膊把他摇醒。他已经听不见我说话了。

只见我肩头的眼镜蛇立了起来。它从图案里脱身,缓缓地左右摇曳着身躯。在我耳边响起一阵细微的咝咝声。这家伙竟然在催眠我的伙伴！

"李奥！你快醒醒！"我大喝一声,猛力将他推倒在岩石旁,免得他盯住眼镜蛇不放。

我抓过T恤衫,把它穿回身上。那阵咝咝声随即而止。

李奥发懵了，仿佛整个脑袋上刚挨了一记重拳。待他逐渐恢复了清醒，又好像什么都不记得了。

"赛姆，刚才怎么回事？我是不是摔了一跤？"他含混不清地说，仍有些惊魂不定的样子。

"你从石头上摔下来了。现在好些了么？"

"我总觉得在哪儿见过一条蛇似的，你看见了没？"

"呃……看见了！它也被你吓了一跳，已经逃走了。"

我没有勇气告诉他刚才发生的一切。我往T恤衫里面瞧了瞧，那条眼镜蛇又变回了一张图案，静静地睡着了。李奥似乎对来河边之后的事情都不记得了。而我这时唯一的冲动就是：让这个可怕的文身快点消失。

我们没有下河游泳。我绝不能再露出眼镜蛇给他看了。为了飞快地骑车赶回家，我找了个借口，说自己很累。这也不全然是撒谎，因为我的肩头此时滚烫。回到家后，我发起烧来，浑身打颤。

　　体温表显示 39.4℃。

　　"你快要把我逼疯了！"这时，妈妈发现了我的新文身，又一次大叫起来。

　　万幸的是，眼镜蛇还在沉睡。

四

高烧之夜

我醒来时已是深夜。脑袋热痛难耐,仿佛起了场大火,连肩膀也被火苗舔舐着一般。高烧令我全身出汗,不住地打哆嗦。我走进浴室,喝了杯水。眼镜蛇仍然睡着。我戴上搓澡用的纤维手套,用尽力气摩擦了很久,却无济于事:魔力眼镜蛇比其他所有的文身贴纸都更难退色。

我又抄起一把剪刀，用尖端戳着，想让这个家伙尽快消失。然而，这样做除了弄痛我自己以外，唯一的结果就是：它苏醒了。

难道是高烧让我出现了幻觉？

眼镜蛇在镜子里盯住我。它的目光并不凶狠，反而显得很忧郁。也许它已经明白，我尽了各种努力想要摆脱它。又一次地，它从我的肩头立起身来，发出了咝咝的声响，轻柔地摇摆着身躯。我很想闭上眼睛，希望再睁开时就会发现一切都恢复正常，但我做不到。我无法抗拒与眼镜蛇的目光对接，也无法不凝视着蛇吻里探出的舌尖的抖动。

它安慰着我，让高烧一点点退去。

我渐渐被催眠了。我觉得自己应该拒绝继续下去，然而……这实在太舒适了……

突然间，妈妈在我身后打开了门。我吓了一跳，无意识地转向她。咝咝声戛然而止。我向镜子里又看了一眼，发现眼镜蛇已经盘曲在我的肩头，重新进入了休憩。

"你的烧退了。"她用手搭在我额头说，"快去睡觉，明早我去上班的时候就不喊你了，学校那边也请了假。我会从办公室给你电话的。赛姆，你这个文身太讨厌了！看着就害怕！"

她一定想不到，平生第一次，我对她的话深感认同。

清晨，我醒了，只觉眼镜蛇已经从肩头消失。我确信这感觉是准确的，但还是去走廊里的穿衣镜前照了照，也四处找了一番。果然，它不见了，一切都结束了。既不在我脖颈旁，也没在别的什么地方出现，我甚至懒得细想这个不可思议的新情况是怎么回事，因为对于我来说，最重要的只有一点：这条蛇很危险，而它的失踪则意味着我重获自由。

快要穿好衣服的时候，我突然听见守门的老小姐奥斑尖叫起来。叫声刺破了整座楼房的寂静。

"啊啊啊！怪物！救命啊！快来人啊，楼梯上有怪物！"

我冲下楼梯，眼前有三个怪物：直挺挺地昏倒在电梯门前的老小姐奥斑，试

图从走廊逃到外面马路上的巨大眼镜蛇，以及奥斑那条惹人讨厌迟钝的腊肠犬迪迪。迪迪拦住了眼镜蛇的去路，不住地狂吠着。它平日里也总是这样叫个不停。

眼镜蛇的身躯已经有 5 米多长。它现在变成了一条真正的、高大的眼镜蛇了。

无赖的迪迪歇斯底里地尖吠着，尽力拦堵着眼镜蛇。突然，它跃起来，在眼镜蛇头部附近的位置狠狠地咬了一口。眼镜蛇发出咝咝的声音，漂亮地弹起身躯，张开大口，衔住小狗，将它吞了下去。一开始还能看到迪迪滑稽地扭动着的屁股，随后就只能看见它的一小段尾巴，再后来，就什么也没有了。

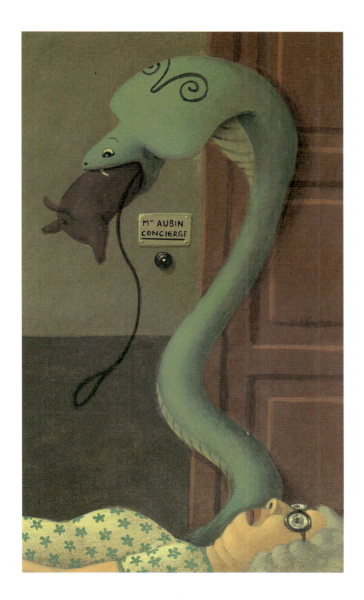

难以理解的是，我居然也在肩头感到了迪迪咬下那一口的锐痛，痛得我大叫出来，而眼镜蛇却飞快地溜到了街上。

五

骑车兜风

不难追寻蛇经过的踪迹。尖叫的人群，惊昏倒地的行人，都为我提供了方向的指引。但不止这些。我发觉，自己能够感知眼镜蛇所感受到的一切。这时我才意识到，我们彼此紧密地联系在一起，也终于明白了它离开的原因。它知晓我正尽力摆脱它，所以才在我成功地抛弃它之前,选择了主动逃离。

没错,我确实害怕它,但它毕竟是我的蛇。虽然看不到它,我仍然可以真切地感知它的心情,它正在四处寻找躲避的地方。如果有人伤害它,我相信自己也会感到同样的痛苦,正如迪迪咬它时那样。那么,如果人们杀死了它,我是不是也会死去呢?不,我必须帮它逃走才行。

我跃上自行车,往公园骑去。

显然,我的路线是正确的,一路上尽是惊恐的行人尖叫着四处逃散。

"孩子,别靠近水池,快离开这里!"说话的是一位推着婴儿车的女士,她正往公园的出口跑去。

远处传来了抢险车的警笛声。我得加快速度了。

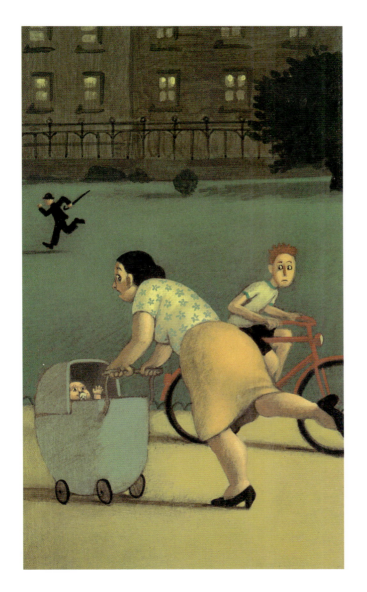

我的眼镜蛇滑入了立着雕像的水池,在喷水口附近蜷曲起来。它变得比在我家楼里的时候更大了。一见我走近水池边缘,它就伸出巨大的脑袋,朝我靠拢过来。

"我没法把你养在家里,你明白吗?那样不仅危险,而且,恐怕会真的让我妈妈疯掉呢!"我抚摸着它的鳞片,试着向它解释道。

它立起身躯,蛇吻探出水面,似乎听得见,也听得懂我的话……忽然,它的眼睛定定地望向我身后。

只见一群"宇航员"正缓缓向我们走来,不,是五位穿着特制防护服的抢险队员。其中一位拿着抄网,还有一位手持一

杆带瞄准器的猎枪。

我转向眼镜蛇,对它说:

"快,快回到我肩膀上的老地方来,不然的话,他们可能会把你捉到动物园里去,甚至会杀死你的!快!"

"小朋友,你让开一下!"持枪的人开口道。

"快点!快回来啊!"我催促着我的眼镜蛇。

子弹在水面炸开的同时,蛇消失了。等到抢险队员们来到我身旁,眼前的池子已经空空如也。

"那个怪物哪里去了?"开枪的那位问我。

"先生,它钻到喷水口下面去了!"我答道。

"太好了，它会被污水过滤系统轧碎的！你别待在这里了，小家伙！"

我挠着肩膀离开了。那里又开始痒起来。是它回来了，变回小小的，在我的衬衫下藏得严严实实。我骑在自行车上低声对它说：

"你知道吗？你是全世界第一条骑在自行车上的眼镜蛇啊！"

它从衬衫领口里探出小小的脑袋，咝咝地叫着，显然很喜欢骑车兜风的感觉呢。

临近中午的时候，我终于骑到了萨波河边，来到沙滨石旁。河滩上空无一人，我脱下衣服，跃入清凉的水中。

"现在你可以走了，没有人会再来打扰你了。以后一旦遇到什么危险，你随时可以回来，我会永远为你留着肩膀上的这块地方。"

我还没说完，就感到眼镜蛇已经出现在我身边，和我一同游了起来。它的身形再次变得巨大，成了一只真正的怪物。我目送它在垂柳的树阴中越游越远，它转回头来看了看我，便钻入了岩石下的缝隙里。

我回到家，发现妈妈已经在等我了。

"我给你打了一百遍电话！你快要把我逼疯了，赛姆！"她不断地重复着，一把将我搂入怀中。

下午，我回到了学校，一切都恢复了正常。大家纷纷嘲笑我没有文身，我只好故作轻松地说，自己在等着下一季流行的新花样呢。

转眼过去了一个月。

从那以后，我们的小城就出了名，游客从四面八方赶来，想亲自为传说中的萨波水怪拍张照片。目击者多是本地渔民，他们声称见过一条10米多长的怪物，来无影，去无踪。闻讯赶来的还有一些猎人，想碰碰运气，将它捉了去。

当然，他们可以无休止地继续尝试下去，但每一次的情况都完全相同：他们明明已经用猎枪瞄准了它，它却总会突然消失，仿佛施了魔法一样神奇。而这种时候，从来也没有人想到过，应该到我的肩膀上检查一番。

目　录

于贝尔·本·凯蒙

　　10余年来,他一直为广播剧、电视剧和舞台剧创作剧本,也给报纸的游戏副刊提供文字游戏。此外,他为大大小小的孩子写了许多的童书。他发誓,自己身上没有任何文身。可是,谁能说得准呢?不知哪天就会有一只咆哮的老虎或是巨大的猎豹来他的肩头躲避片刻呢……

托马·埃雷茨曼

　　他以书中的主人公为榜样,也弄来了一条蛇:那就是传说中的"魔力眼镜蛇围巾"。它的花纹非常百搭,可以极为便利地代替领带的位置,而且颜色多样,任君选择,保证您可以得到理想的效果!

史文心

　　你听说过弄蛇术吗?它曾是古埃及的传统技艺,后来在印度成为了著名的街头表演。弄蛇者对眼镜蛇或蝰蛇吹奏笛子,让它们摆动身姿,取悦路人。人们常以为是乐曲催眠了蛇。其实,蛇虽有善于感知震动的内耳,却没有外耳,并不能感受空气传来的声波。所以,音乐只是障眼法,弄蛇者是以身体的姿势和跺脚的震动发出讯号的。同样地,魔力眼镜蛇听得懂赛姆的话,也只是因为他们心灵相通的缘故呢!

©éditions Nathan (Paris–France), 1997 pour la première édition

©éditions Nathan (Paris–France), 2009 pour la présente édition

Loi n° 49956 du 16 juillet 1949 sur les publications destinées à la jeunesse

ISBN 978–2–09–252543–2

N° éditeur : 10169741 – Dépôt légal : mai 2010

Imprimé en France par Pollina – L53879B

勇敢者的棋局

[法]于贝尔·本·凯蒙 / 著

[法]托马·埃雷茨曼 / 绘

史文心 / 译

所谓的大棋盘是一大块方形的草地，园丁们把草皮分割成了整齐的方格。要想下棋，就得站在棋盘上，用力挪动巨大的棋子。棋子分黑白两色，雕刻得很是精美。这天，棋盘上空荡荡的，棋子随意地散落在不同的格子上，却看不见任何下棋的人。

"这块地方很合适嘛！"佳梅下了结论。

"象棋这种玩意儿，无聊得要命！一看就头晕！我爷爷下象棋的时候，好半天才走一步棋，我还以为他睡着了呢！"

李奥一定后悔了：他刚说完这话，就上了一堂终生难忘的象棋课。

魔法气象牌

图书在版编目(CIP)数据

塞姆:小勇士奇幻事件簿 /(法)凯蒙著;(法)
埃雷茨曼绘;史文心译.—青岛:中国海洋大学出版
社,2011.7
ISBN 978-7-81125-765-6

Ⅰ.①塞… Ⅱ.①凯… ②埃… ③史… Ⅲ.①儿童故
事—作品集—法国—现代 Ⅳ.I565.85

中国版本图书馆 CIP 数据核字(2011)第 154370 号

出版发行　中国海洋大学出版社
社　　　址　青岛市香港东路 23 号　　　邮政编码　266071
出 版 人　杨立敏
网　　　址　http://www.ouc—press.com
电子信箱　WJG60@126.com
订购电话　0532-82032573(传真)
责任编辑　魏建功　　　　　　　　电　　话　0532-85902121
印　　　制　山东鸿杰印务有限公司
版　　　次　2011 年 7 月第 1 版
印　　　次　2011 年 8 月第 1 次印刷
成品尺寸　140 mm × 190 mm
印　　　张　15
字　　　数　146 千字
定　　　价　88.00 元(全套 10 册)

塞姆·小勇士奇幻事件簿

魔法气象牌

［法］于贝尔·本·凯蒙 / 著

［法］托马·埃雷茨曼 / 绘

史文心 / 译

中国海洋大学出版社

·青岛·

一

生意归生意

战略牌是眼下最流行的游戏,无论在书报亭还是烟草店,到处都买得到。我们兜里的零花钱全都花在这上面了。

牌面上印着来自异度空间的士兵,能够毁灭一切的武器,骇人听闻的魔法,或是不为人知的土地……整个奇异的世界被精细地描绘在每一张牌上。但最吸引人的是,这些牌的"战斗力"才是至关

重要的。牌的左上角都标注着一个数字，表明了它们力量的大小。从 1 级到 10 级都有。不过，级别越高的牌，就越难买到。每次我们展开激烈厮杀之前，总会在学校门口先进行一番互相换牌的交易。

"想用一张激光棒加一张盐湖换我的银河火枪手？你疯了吧，那我也太不划算了！"

"那，我再多加一张力量药水，有 3 级战斗力呢！"小福弟提议。

"不行，还是不够！"我说。

生意归生意，朋友归朋友。更何况，小福弟对战略牌还不太熟悉，我当然要抓住机会，绝不让自己吃亏。

"赛姆，我告诉你哦……我上次把战士牌全部都输光了，这才不得不换一张你的火枪手啊！"小福弟带着哭腔说，"我再加一张迟缓药水好不好，5级的哦！"

　　这样算下来，我已经占到便宜了。可我不想就此收手，说不定，一会儿还能赚得更多呢。

　　"再加把劲儿，"我坚持道，"我的火枪手有7级战斗力哪，这么好的牌可不是随随便便就能遇到的！"

　　"好吧……那我把这些牌也都加上。不过，这可是我的最后底线了哦！"

　　小福弟从他的牌里抽出了八张我从没见过的牌来。上面画着天空中的云彩，形状各异、大小不同。只有2级战斗力。"这是什么玩意儿？"我装出不屑一顾的样子问。

　　"我也不知道这种牌怎么玩。我猜，可能是用来决定牌局里天气的牌吧……"

"那能有什么用？"

"嗯，要是下雨或者下雪的话，也许敌人的进攻会受到影响吧……具体的我也说不好……"

"这东西是从哪儿搞来的？"我的好朋友李奥突然打断了我们的对话。这会儿，轮到他仔细打量那几张牌了。

"上个星期，我家的邻居用这些牌换走了我的2级隐形牌。"

"才2级？那你这八张牌加起来也太没价值了吧！"

"赛姆，你到底愿不愿意和我换啊？"

"当然……成交！"

就这样，我的那张银河火枪手到了小福弟的手里，换来了他递给我的厚厚一大叠牌。

"你可真会做生意啊，赛姆！"李奥坏

坏地笑着，和我一起走在回家的路上。
"不过，要是以为一阵小雨就能阻止住我的野蛮粉碎机和劈砍琴弓，那你就是做梦！"

"就算没有那几张牌，我这次换牌也赚到了不少。再说，我也没指望用那些牌来打败你啊。只要出动我的狮子骑兵队，你就得全军覆灭！"

"你开玩笑吧？"

"才没有呢！我相信，明天咱们俩的比拼肯定会速战速决。"

"我完全同意，赛姆！速战速决！不过，胜利者是我！"

"你真是太可笑了，李奥！"

"明天在你家见！你就要输了！"

"明天在我家见！你已经输了！"

二

抽到它了！

我俩面对面坐在我房间的地毯上，中间摊开着各自的半圆形牌阵。双方的部队正在交火，我在盐湖中用 5 个鲸炮投弹手(5 级)击退了李奥的嗜血步兵(7 级)的袭击。

目前，战争已经进行了整整一个小时，我方局势一片大好。我只等着亮出我的黄昏牌,夜袭他的军营,就可以把他打得落花流水。只是,我怎么抽都抽不到我那叠牌里的日落牌。

而在这期间,李奥已经对我发动了两轮炮轰,我急需加强对我方阵营的守卫力量……

正当我绝望时,竟然摸到了一张小福弟换给我的牌。

"啊呀!"我惨叫一声。

"哈哈,我知道你肯定是盼着拿到一张防御牌或者是黄昏牌吧!"李奥早就看破了我的计谋。"可惜你就是抽不到啊……"他得意地笑了起来。

他这一笑,弄得我心烦意乱。我可决不能输给他!

"你还没赢呢,别高兴得太早,风水轮流转!这会儿,我先用这阵雨水把你的盔甲都淋得生了锈再说!"

"哎哟哟,我好怕怕哦!"他故意装作害怕的样子嘲笑我。

我把那张陌生的写着"积雨云"的牌摆在了地毯上。轮到李奥摸牌了,他却突然说了句:

"真有意思,外面天上的云彩和你的那张牌上画的灰色云彩一模一样。刚才我到你家的时候,天气还是很晴朗的呢。这么快就变天了,真是奇怪。"

我看了一眼窗外。李奥说的没错,天空里布满了积雨云,并且下起雨来了。

"是啊,太酷了!"我冲他扮了个鬼

14

脸，但心里还是很郁闷。"该你了吧，快点！"

李奥抽到了一张火龙霹雳，迅速对我的黑暗骑士和大理石卫兵们开了火，结果，我方军士不幸失去了几点生命值。

我刚要摸牌，外面传来了一阵巨大的噼里啪啦声。

"怎么回事儿？"李奥站起身来。

我也走到窗边去。空中正猛烈地落下粗大的冰雹，砸到楼底的停车场上，发出一阵震耳欲聋的爆裂声。路上的行人都飞快地跑到街边躲避，车辆也放慢了速度，因为地面上铺满了一层白花花的雹子。

"可怜的家伙们！这也太巧了吧！"

"好奇怪啊！"我说。

"你没见过暴雨啊？六月里有时会下雨的啊！"

"我知道的，李奥，可是你看……"

我从脚下拾起那张积雨云的牌，递给了他：

"你念念看！"

"'可能引起降雨，暴雨，甚至冰雹……'那又怎样？这和外面的天气有什么关系，只不过是巧合而已！"

"但是天气预报说了，本周应该是晴朗的好天气才对……"

"天气预报经常不准的啊！好了好了，赛姆，咱们接着玩吧？"

"等等，我要再确认一下！你可不许趁机偷偷作弊啊！"

我从自己的那叠牌里扒出另一张小福弟换给我的牌来。上面画着略显棕色的云彩，图案下标注着"卷云"。我把它放在地毯中间轮到我出牌的位置，又走到窗边的李奥身旁。

"太不可思议了！雨停了！"他目瞪口呆，喃喃地说。

整个天空都变了样，细长的卷云一条条伸展在空中，取代了先前的云层。天色又放晴了。

"这绝对不是巧合，李奥，不然，怎么会变得这么快！"

"我的天哪，那些到底是什么牌啊?!!!"他直直地盯着天空，继续喃喃自语地说。

三

一群高积云

"像乒乓球一样大的冰雹,谁能相信有这种事! 天气狂暴得不可思议!"

电视上正在播放每日新闻, 镜头里是几处受到损害的玻璃温室和果园。接下来,画面回到了刚才对农民的采访。

"太奇怪了,暴雨说来就来! 之前一点预兆也没有! 我只能说,这实在是件怪事啊!"农民总结说。

在这个报道之前，我们还在电视上看到了几栋萨波河边的房子，都离我们不远。屋顶已经被砸坏了，有两个烟筒也倒了，幸好没有人受伤。

"今天下午，本市遭受了一次极为罕见也无法解释的气象灾害。气象部门在此前没有察觉到任何迹象！"本地新闻主播说。然后，他又继续播报天气："明天，本市天气晴朗……如果正常的话……"

"今晚聚会到底穿什么衣服好呢？"妈妈自言自语地穿过客厅。

她晚上要去城里参加晚宴，便答应了我留李奥在家里住一晚的请求。

我们俩飞快地啃掉几块冰凉的鸡肉，又往肚子里塞进一包薯条之类的东

西,就进了我的卧室,坐回牌局边。

"赛姆,你确定这些事情真的是咱们造成的吗?"李奥一边犹豫地伸手摸牌,一边问我。

"当然了,你我心里都很清楚!"

于是,我们继续玩起了牌。时而派火龙进攻,时而用弹射器袭击,但我们的心思却已经不在这上面了。

窗外天色湛蓝,万里无云,暖热的夕阳仿佛让人们提前两周进入了夏天。

"这些云彩好漂亮啊!"我又摸到了气象牌。这一张上画的云彩仿佛一群白色的小绵羊分布在蓝色的原野里。

"这次你该不会又把冰雹给招来了吧?"李奥坏笑着说。

　　"我想不会的,这上面写了'高积云:这种云块不会带来降水。'咱们要不要试试看?"

　　"就算我不答应,你也不会就此罢休吧?"李奥笑着问我。

　　"那当然!"

　　我把这张高积云牌放在牌局里,然后,我们俩一起冲到窗边。没过几分钟,天空中就飘来了一群高积云。微风轻轻地把它们送到萨波河上空,投下朵朵倒影。

　　"这种云彩太好看了!"

　　李奥和我都睁圆了眼睛。我突然兴奋地跳起来,喊道:

　　"我是天气的指挥官!"

　　"我也要试试!"说着,他拾起了我的那叠牌。

"你想玩的话,我没意见！我这才发现,原来云彩这么美啊！"我仍然兴奋不已。

"赛姆,你滑过雪,乘过小雪橇吗？"

"从来没有呢！妈妈每年冬天都答应带我到山里去滑雪,可是一次也没有带我去过……"

我突然停了下来,只见李奥在我的眼前挥动着一张牌,我只能勉强看清"雨层云"这三个字。

"你能不能借我一件毛衣和一双手套,赛姆？"

"当然可以！"

"那就这么定了！在咱们这种几乎从不下雪的地方,又是 6 月份,要是能下一场大雪,那该有多美妙啊！"

24

他在我们刚才停下战争的牌局中央放好了那张牌。

一开始，我们感觉好像什么也没发生。阳光还是那么耀眼。然后，渐渐出现了巨大浓厚的云层，一直压到地平线，将整个街区都笼罩在寒冷的阴影里……

这时，有几片雪花飘落下来了！！！

它们细小散乱地在我们面前飞舞着，还没落到地面，就已经融化不见。不一会儿，雪花变得越来越大片，越来越沉重。大约过了半小时，周围的屋顶都变了颜色，连同街道和萨波河岸，一切都是银白色的了！

我们飞快地套上毛衣，冲下楼去，神奇地打起了雪仗。邻居们都一脸惊讶地站在自家窗前看着我们。

四

气象指挥官

湿透了！我们浑身都湿透了，可还是玩得不亦乐乎！

在停车场汽车之间的空地，或是花园的树下，我们展开了激烈的战斗。住在附近的小孩子纷纷加入我们，享受着这场意外的快乐。玩了一会儿，他们陆续回家了，一定是外面太冷的缘故。

夜色降临，已是10点多钟，雪还在下着。而且雪下得越来越密，越来越厚，

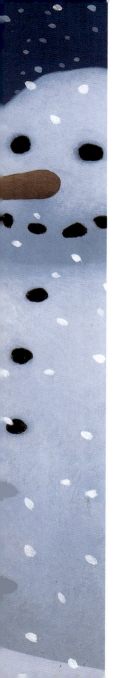

风刮得越来越有力了。风卷着雪片扫过地面，掷到我们冻僵的面颊上，但我们还不愿回家，决意要完成我们的大雪人再走。

雪人终于堆好了，李奥用脚在雪上划出几个字：

李奥和赛姆

于是我也参与其中，加上了一行字：

气象指挥官

"真好玩，但实在太冷啦！咱们快点回家吧！"李奥打着哆嗦说。

我牙齿打着寒战，也有同样的想法，但这时，风突然比刚才更猛烈了一倍。不，十倍。扑向我们的，已是一场真正的暴风雪。寒冷疯狂来袭，让我们朝居民楼大门每走近一步，都更加吃力，更精疲力竭。

很快，我已经看不清李奥在哪里了。我放声大叫：

"你——在——哪儿？"

听不到一丁点儿回应。只有风在我耳边愈发猛烈地怒嚎着。

我向远处的灯光执著地前进，那只不过是楼底大厅电梯的灯光，看起来却显得那么遥远。我努力地继续挪动着脚步。可是，好不容易前进一步，就立刻被风雪逼得退后两步。我的双手已经麻木，冻硬的鼻子也结了冰，我坚持不住了，一只膝盖不由自主地跪倒在地，然后另一条腿也倒下了。我隐约感到，自己倒下的地方离大楼只有 5 米之遥。

"快了，就快到了……马上就好……只差一点点了！"

听起来，是李奥把我拖进了大厅。他尽力给我取暖，又把我扶到电梯边。

但一切还没有结束！

我刚打开家门，一阵冰冷的风就迎面而来。

"咱们刚才忘记关窗户了！"说着，我赶紧冲向自己的房间。

我在房门边停住了脚步，面前是一片狼藉。

房间里的一切都像消失了一样，除了雪什么也看不见。我的床，柜子，衣橱，地毯……所有东西都盖在一层白色的积雪下。最严重的事情还不止这些。寒风涌入窗户，卷飞了我们的战略牌局。有些牌从床上的露出一角，有的散落在墙脚边，还有几张贴在了墙壁上。

"必须找到那张雨层云的牌，然后用另一张牌盖住它！"我一边关窗户一边喊道。

李奥已经蹲在地上，挖起了积雪。我也在他身边开始翻寻起来。

这是怎样艰难的工作啊，我们明明是在6月份，可是嘴唇上却裂开了口子，手指也冻僵了！

我们把覆盖着书桌的积雪清理干净，然后把找到的每张牌都放到它上面。就这样，一张又一张的，出现了空中弓箭手，树木捍卫兵，寄生虫沼泽，还有战略牌里的很多其他人物和地点……我们打着寒战，在地毯上挖掘着。积雪渐渐化去，很快，我房间的地面就淹没在了一汪脏兮兮的泥浆里，而我们双脚淌在其中，

继续来回走着。

"我找到了一张卷层云！"李奥骄傲地宣布。

他小心翼翼地把那张牌放到房间中央，然而，窗外的雪还是一样猛烈，风还是一样疯狂。几分钟之后，我在床底下好不容易掏出了一张层云的牌，也依然改变不了外面的天气。高积云的牌也试过了，同样无效。

只要那张积雨云找不到，其他所有的气象牌都施展不出魔法，因为刚才正是积雨云的牌带来了降雪。

"一定要拼命找到它！"我绝望地说，"必须用另一张牌盖住它。只要找不到，

32

大雪就永远不会停！"

找了一个小时之后，我们共发现了150多张牌。这厚厚的大一摞牌，正浸没在我书桌上的小水洼里，早已不能用了。我的房间一片混乱，仿佛龙卷风劫掠过一样，什么都未能幸免。李奥和我已耗尽全部力气，此刻冷得就像刚从冰柜里出来一样，而且浑身上下脏透了。只剩下那张牌不知藏在什么角落。唯一一张我们需要的牌，却迟迟没有落在我们手上！

五

遭遇暴风雪！

"你看，赛姆，外面已经看不到汽车的轮子了！连公园的长椅都看不见了，积雪已经没过了座位！"

"大雪真讨厌啊！"我望着夜色，小声说道。

路灯的光线中，巨大的雪片仍在不计其数地落下。暴风咆哮着，狂野地卷挟着它们在空中翻滚，又将其肆意抛洒到每个角落。

　　我们又继续在房间里翻找起来。书桌上的那叠牌也检查了一遍又一遍。现在,我们基本确定,那张雨层云牌恐怕是之前窗户开着的时候被风吹走了。它现在应该正躺在街区的某处,淹没在白雪的汪洋中。就算我们能找到它,也至少要等到暴雪停下来,地面上的积雪融化了之后,才有希望看见它……但是想要雪停下来,风不再吹,又必须得破解这个魔法才行,而破解魔法的唯一办法就是找到那张牌!

　　已经是下半夜,我们彻底绝望了。站在窗前,我们紧紧靠着对方,感觉我们是巨大灾难的肇事者,却无力让它停下来。

"怎么样,这下你们满意了?!"

我们听到声音,吓了一跳,转过身往房间门口望去。

一个陌生人站在那里,穿着深色的雨衣。他是怎么进到我家里来的?站在那里盯着我们看了多久了?我还没来得及产生更多的疑问,他就冷冷地开了口:

"你们是不是随随便便拿这张牌去玩了?"他手里挥动着一张雨层云的牌,正是我们之前费尽力气寻找的那张。

"您有那张牌?!!!您找到它了?!"我喊了起来。

"对,陷在雪里,在你们大楼的台阶上!另外七张牌在哪里?我真不该把它们放心地交给你们的伙伴小福弟!"

"在那边,书桌上……"我茫然答道,

"您认识小福弟?！"

男人走到那摞战略牌边上，一张张拿出了其余的气象牌。

"先生,您到底是谁？"

直到 8 张牌都凑齐了，他才转过身来说:

"我当时画了这 8 张牌,送给我的邻居小福弟玩！我是看着他长大的。只不过,我没有调整好这些牌的法力……"

"怎么可能调整牌的法力？又怎么能让它们失去法力呢？"我半信半疑地问。

"用魔法就可以做到！唉,我弄错了药水的剂量，结果让这几张小纸片的力量过于强大了！很危险的！"

"您快让暴风雪停下来吧！"李奥一口气喊了出来。

"孩子，我就是为这个来的！"

男人双手抓住那叠牌，深深地吸气，然后对着它们吹气……刹那间，它们都燃烧起来了！火苗快要烧到他的手指时，他松开手，让灰烬都落在地上融化的雪水里。

李奥和我立刻扭头望向窗外。空中闪耀着月亮和星星的光辉，所有云彩都消失了。雪也停了。看起来，这会是一个平静的夜晚，不再有风雪了。

"明天，最迟后天，积雪就会融化干净了！"说着，陌生人从雨衣口袋里抽出一张战略牌，"我还留着这么一张牌，是之前小福弟换给我的隐形牌。这张牌上我也做了些手脚，才能让我在你的房间自由来去。晚安了！对了，不要忘记：天空

39

是伟大的，让它自己去选择它想要的云彩吧……"

他迅速消失了，就像来时一样。

"咱们刚才要是让他施展一下魔法，把房间立刻变得干干净净，那该多好啊！"李奥一边埋怨着，一边对着盆拧干一大块抹布。

"最好是施展让我妈妈回家之后不生气的魔法！不过，恐怕世界上最伟大的魔法师也无法实现这种奇迹啊……"

"真的么？要知道，随心所欲地指挥云彩，天气，暴雨……这可不是平常的魔法师办得到的哦！"

"你这么想，说明你没见过我妈妈大发雷霆的样子。好了好了，把海绵给我，

我再去找几个拖把来。快点，快把海绵给
我！"

目　录

一

于贝尔·本·凯蒙

　　于贝尔多年以来辛勤写作，正是为了当一名气象指挥官。他为大人们写广播剧和舞台剧的脚本，也给大孩子和小孩子们写了许许多多的童书。

　　他住在南特市，那里不常下雨。所以，偶尔下起雨时，于贝尔的心情会像晴天一样愉快。但要说下雪，恐怕就是特别特别罕见的情况了。

　　为了想象自己的花园里落满雪花，于贝尔才写下了这样一个赛姆和李奥历险的新故事。毕竟，作家有权力决定他笔下的一切：他可以决定故事里的天气，决定天上飘什么云彩，还可以决定成百上千的其他细节……不过，等到他放下笔来，去卢瓦尔河畔散步的时候，一旦忘记多穿几件衣服，他还是会像正常人一样感冒的……因为到了现实生活中，他就一点特权也没有啦。

托马·埃雷茨曼

　　他于1974年生于米卢斯，几乎一生下来就爱上了连环画。不过，直到他从斯特拉斯堡装饰艺术学校毕业之后，他才终于在2000年于戴乐古（Delcourt）出版社发行了自己的第一本个人作品集。于此同时，他也从事插画家的工作。到了今天，他自己也说不好，连环画和插画，他究竟更爱哪一样……

史文心

　　我们都知道，地球上存在着一个巨大的水循环，云就是这个循环的有形的结果。蒸发的水汽聚集在空气中的微尘周围，产生水滴和冰晶，把阳光散射到各个方向，就成了我们所看到的云。云有三种主要形态，一大团的叫做积云、一大片的叫做层云，纤维状的叫做卷云。云和地面的降水情况密切相关，所以，我们的祖先总结出了许多观云识天气的规律。比如，《诗经》里提到"上天同云，雨雪纷纷"，也就是说，全天覆盖着一色的密云，带来降雨和降雪，所描写的正是故事里赛姆和李奥遭遇的雨层云。

飞去来器的奇袭

[法]于贝尔·本·凯蒙 / 著

[法]托马·埃雷茨曼 / 绘

史文心 / 译

　　我把它从皮鞘里抽出来，得意地在他眼前晃了晃。这是一枚飞去来器，雕刻得异常精致：它的材质是深色的木头，上面带有浅色的纹理；中央部分的厚度才只有一厘米的样子，两侧更是薄得像刀刃一样锋利。比起店铺里卖的那种贴着花里胡哨的广告画的飞去来器，我觉得这个要厉害多了。

　　相比之下，李奥却一点儿也不兴奋：

　　"你要拿这个旧旧的木片干什么用啊？"

　　"当然是实验一下啦！"

谁能想到，小小的实验竟演变成了一场生死较量……

测泉叉的秘密

图书在版编目(CIP)数据

塞姆：小勇士奇幻事件簿 / (法)凯蒙著；(法)
埃雷茨曼绘；史文心译.—青岛：中国海洋大学出版
社,2011.7

ISBN 978-7-81125-765-6

Ⅰ.①塞… Ⅱ.①凯… ②埃… ③史… Ⅲ.①儿童故
事—作品集—法国—现代 Ⅳ.I565.85

中国版本图书馆 CIP 数据核字(2011)第 154370 号

出版发行	中国海洋大学出版社

社　　址　青岛市香港东路 23 号　　邮政编码　266071
出 版 人　杨立敏
网　　址　http://www.ouc—press.com
电子信箱　WJG60@126.com
订购电话　0532-82032573(传真)
责任编辑　魏建功　　　　　　　　电　　话　0532-85902121
印　　制　山东鸿杰印务有限公司
版　　次　2011 年 7 月第 1 版
印　　次　2011 年 8 月第 1 次印刷
成品尺寸　140 mm × 190 mm
印　　张　15
字　　数　146 千字
定　　价　88.00 元(全套 10 册)

测泉叉的秘密

[法]于贝尔·本·凯蒙 / 著

[法]托马·埃雷茨曼 / 绘

史文心 / 译

中国海洋大学出版社

·青岛·

一

河畔小屋

七月的这个周六，风咆哮着卷过萨波河谷，在我们的耳边吹出阵阵警笛般的口哨声。但它的预警只是徒劳，因为此时的我们对即将发生的事情还一无所知。

李奥骑着自行车在我前面带路。今天下午，他来我家找我，告诉了我事情的原委：

"我得去帮祖父一个小忙。他住院了，要动个外科手术。妈妈不得不留在他床边伺候，只好交代我去祖父家整理一下他最近收到的信件，尤其是订阅的杂志，再替他带到医院去。"

我请求妈妈，想和李奥一起去。妈妈是这样表态的："你们整天就知道在萨波河边①闯祸，这次总算能做点有用的事情啦。那好吧，我批准了。"

他祖父住在远离市区的河岸边一座孤零零的小矮房里。李奥用一把黑色的大钥匙打开古旧的房门，眼前是一间宽敞的厨房，兼作餐厅，又当客厅。

他一边把报刊和信封从嵌在门上那只满满当当的邮箱里掏出来，一边说：

---

① 请看赛姆系列其他故事。

6

　　"祖父家虽不比宫殿那么气派,但我很喜欢来这儿。"

　　他这样讲,大概是意识到这房子太过简朴,想为此开脱吧。

　　"这样的屋子倒也亲切可爱,尤其是建在萨波河边这样的好地方。你祖父退休前是做什么的呀?"

"是邮递员！"

"真好玩！以前他给别人派发邮件，可现在，连他自己的邮件都要让你来拿啦！"

等李奥收拾邮件的这会儿工夫，我在房间里绕了一圈，惊奇地发现碗橱边有一个搁物架，上面放了许许多多奇怪的木杈。

"他收集弹弓吗？"我指着这些全都做成Y形的木杈问他。

"啊，那些吗？不是啦，那是他亲自雕刻的测泉叉，是用来卜测水源的。"

"卜测……难道你爷爷是占卜师？你怎么从来都没跟我提过啊?！"

"不是占卜师……是测泉师，赛姆！爷爷很有天赋的！这些用榛木——也就是用榛子树的枝桠做的小木杈，是用来寻找地下水源的，爷爷有了它们，就知道在哪里钻井可以打得出水来。"

"太厉害啦，还有这样的玩意儿！你试过吗？"

"当然，他想教我来着。我也雕刻了自己的测泉叉，只可惜，我最多能感觉到暴雨或者日头什么时候来临①，但是对找水源这种事情，却一点儿天赋也没有！"李奥带着遗憾的神气说。

---

① 请看本系列《绿色变形记》一书。

我抓住一只木杈的末端,像盲人用盲杖探路一样,闭上眼睛在房间里走动着,嘴里还煞有介事地念道:

　　"我感到了!这地下有水流过!"

　　"笨蛋,不是这样用的!应该用双手握住它的两个小枝杈,只要Y形的末端开始颤动,就意味着地下有水源。"

　　我按照他的指导,一本正经地重新来过,还试着自我暗示,让自己相信手里仿佛有东西在颤动。果然:

　　"已经隐约有抖抖的感觉了……"

　　"拜托,你脚下还铺着厨房的瓷砖呢!隔着瓷砖都能感觉得到,难道你比我爷爷还厉害么!"

　　"李奥,我好像真的感觉到了!"

"就算你感觉到了水源，也没什么稀奇的，毕竟咱们离萨波河只有 20 米远！快点快点，咱们该走了！我得去为我最崇拜的邮递员送信啦！"

我一言不发地跨上自行车。恐怕，我和李奥一样，并没有什么神奇的天赋。但我没有告诉他，我故意"忘记"把那个测泉叉放回原处。毕竟，带走一只旧旧的榛树权，也没有什么值得大惊小怪的。

二

谎言与失败

我确信,不管换了哪个和我同龄的男孩子,都会像我这么做的。要是能证明自己拥有与众不同的力量,那可是件大事。所以,我想再认真测试一下,自己是否确实不具备在双手间感知水源位置的灵力。可是,李奥一直催着我出发去医院,不给我继续尝试的机会;而我又无法按捺急切的心情,想要尽快尝试一番。

才骑了不到一千米，我就一脚踏地，停下车来，假装自行车掉了链子。

"你快去医院吧，我修好车就去追你。"

"不用不用，我等你！"李奥说。

"李奥，你想啊，等你到了那边，找到病房，和祖父贴面礼，把邮件给他，再和祖父啊妈妈啊寒暄几句，听他们讲讲祖父的健康状况……如此种种……这时间完全足够我骑车到医院的啦！我会在门口的停车场等你的。"

"这能行吗？真的？"

"当然咯！我宁可按照自己的节奏从容地骑车，也不想在医院等你等得不耐烦！"

生平第一次，我为了躲开最好的朋友而向他撒了谎。不得不承认，看到他的身影消失在远处的第一个拐弯处，我并不觉得羞愧。

此时此刻，除了重新检验我这名刚刚入门的测泉师的水平，任何事情我都顾不上了。

我从裤子口袋里掏出那只木杈,如李奥教我的那样握持它,沿路边的山坡缓缓往上走去,进入了一片野地。木杈的末端始终稳稳地处于水平状态,而我手臂上能感受得到的抖动无疑只是自己的想象。我默默安慰自己,也许这里的地下确实没有什么水源呢。

我再次骑上车,到了市郊一带,在一片小小的葡萄园里尝试起来。木权仍然毫无反应。又一次失败,但我还是不愿接受这个结果。不久后,来到医院附近的一处公园里,在几个看管孩童的母亲的注视下,我又拿出测泉叉来。

　　"你在找石油吗?"一个正在沙池里堆房子的小姑娘问我,"我觉得好像没有,因为我已经在这里挖了好一会儿啦……"

　　我又气恼又沮丧,连回答她的心情都没有,就骑上自行车,准备去和李奥会合了。

　　路上,我忍不住又试了三四次……原来,我真的没有任何天赋,任何灵力!

到了市中心，我遇见几辆抢险车，一路呼啸着往河岸的方向开去。这些救护车和抢险车是怎么回事？我想了想，倒也没什么大不了的。毕竟，在医院附近的停车场看到它们，是再正常不过的事……

　　没料到，我完全想错了！

自觉有罪

李奥还没下楼，我只好在距离门口两三步的地方靠在他的自行车边等着，准备好要把测泉叉归还他的祖父，甚至连怎样请求他的原谅都想好了。李奥一定会理解和宽恕我的。

我把它拿在手里，任其在指间转来转去，仿佛是件来自异国远方的陌生兵器，令我无法得心应手地驾驭。

不行,我要再试最后一次!

身后的抢险车依然鸣笛不断。突然间,医院里也响起了刺耳的警笛声,我看到护士们,医生们和家属访客纷纷慌张地涌出大楼。

"一场意外的洪水!"一位担架员正冲向停车场,往电话里喊道,"所有的水龙头,所有的淋浴喷头,全都同时被拧开了一样!任何有水源的地方都在喷水!连座便器也不例外!"

不可能,这一定不是我的错!毕竟,探测水源和让水流喷出之间是有着巨大差别的!

我彻底慌了神,看着自己手中干干净净的测泉叉,它此时显得多么可笑,多么无辜!然后我瞥见了自己在水泥台阶上的双脚……一滩水正沿着我的跑鞋四周莫名地涌现。

"赛姆！"

李奥已经来到我的身后，一路跑得气喘吁吁。

我毫不犹豫地跨上自行车，发疯般地蹬起来。

"赛姆，等等我！赛姆！"李奥开始从后面追来，大声喊着。

可是，我哪里还敢面对李奥？

我一边骑车前进，一边感到有股细细的水流正从我的口袋里涌出，沿着我的腿淌下，一直洒到马路上。

骑到了刚才经过的那个公园。路边的人行道上，30来个人正拥在公园的铁栏边看热闹，都是一副目瞪口呆的神情。恰恰在我试验过测泉叉的那个地方，一股巨

大的喷泉从地上涌出，喷射到半空中，足足有 10 米高。和我开玩笑的小姑娘曾经玩耍过的那片沙池，现在简直成了个泳池，水流还在沿着边缘阵阵溢出。

不能再停在这里围观了。我的车轮边已形成一大片水洼，漫出的水开始淌到路上的排水沟里去。

这时，我充满了羞耻，感到自己简直是个怪物！

一路上，我试过榛木权的每个地方，都出现了同样的灾难。

"赛姆！"

李奥全力蹬车随我身后追来，在路的尽头唤着我的名字。我继续避开他，能骑多快就骑多快。我再也无颜面对任何人了。

　　也许，我应该扔掉这只可怕的测泉叉。它此时正在我裤兜里像水龙头一样喷着水，而且水流越来越大了。可我担心，万一真的扔掉它，也许会引起更大的灾难。在我身边，到处都回荡着抢险车的呼啸声，仿佛在向整个城市揭发着我的罪行……我人生中还从未有过这样绝望的时刻。

27

四

大浪临头

我飞速前进,笔直地插入一条条陌生的小巷,再加上逆向骑车,这样一来,在公园时就被甩在后面的李奥将很难发现我的踪迹。我心里想,整个城市都要被淹没在水中,在酷热的暑天,这是多大的灾祸啊!而这一切的根源就是我。我是凶手,也将是地球上最大的肇事者。

但我又能做些什么呢？

难道我应该回到李奥爷爷的小屋，打破窗玻璃，钻进房间，把这只木杈放回我偷走它时原来的地方？现在这样做恐怕来不及了：道路已经被淹，小屋应该被洪流所包围，甚至可能被吞没了！

我上气不接下气地蹬着车，从裤兜里涌出的流量也越来越可观了……

在我看来，唯一可行的办法就是：埋没水源！

这个说法听起来很蠢，但我想不到更好的办法了——把这根木杈扔进萨波河里，它的魔法或许会由此消散。这是我仅有的机会了！

面前是一段长长的下坡，再骑500米

就到河岸了。我全力提速,浑身湿透,精疲力竭,我一定一定要骑到!

"赛姆,别那样做!你听我说!赛姆!"

正当我不顾一切地从口袋里拿出那根 Y 形榛木条,要把它掷出去的时候,李奥突然出现在我身边,拦住了我的手臂。

"爷爷告诫我，千万不能让你把它丢弃在河里！那样的话，可能会激起一片巨大的洪浪，足以冲走一切！"

他是怎么找到我的，又是怎么发现了事情的来龙去脉？我连追问的力气都没有，长叹一声，坐倒在地上。

“爷爷当时一看见房间里的水龙头自动打开，就问我是不是乱动了他家里的测泉叉……”

“李奥，你不知我有多后悔！”我终于在哽咽中说出几个字。

“我告诉过你，每个测泉师都必须雕刻自己的木权。我跟爷爷学的时候，用的也是我自己动手做的测泉叉。一旦使用别人做好的木权，就可能引发极其严重的后果！”

我听着他说话的同时，却不能不为眼前的景象感到紧张：这个可怕的 Y 形木权仍在喷射出大量的水流，浪花四溅。

“咱们要快点开始行动！事不宜迟，你触发的种种险象会不断加剧！跟上我！”

直至这时,我才明白过来,他是怎样发现我七拐八绕的路线的。自行车道上,凡是我所经之处,沿途清清楚楚地流淌着一条小溪,一直漫溢到排水沟里去。同样地,它也如铁证一般,让我觉得自己罪不可赦。

五

驯兽师现身

如果说医院的走廊化作了一条小河，那么楼梯上的就是山间湍流。到处是一片凌乱不堪的景象。手持扫帚和拖把的医护人员手忙脚乱，承担着将积水排出楼外的差事。

为了防止触电，所有的电梯都暂停使用，我们只好一口气爬上了五楼。从天花板淌下一股夹杂着石膏泥浆的水流，我们脚底直打滑，费力地逆水而上。

"小家伙们，快出去！赶紧到外面找个地方躲着！"一名手持焊烙铁的抢险队员匆匆跑过三楼走廊，朝我们喊道。

我们不听他的劝阻，坚持跑完了最后两层楼。我口袋里涌出的水让楼梯上的激流更加急湍，李奥跟在我身后，行进得十分艰难。我听见他在后面打了个趔趄，竟被水流冲撞得倒退了六个台阶。

"李奥！"我喊了一声，马上转过身去。

"别管我！我很快就会追上你的，爷爷的病房是536号！快去，我随后就到！"他用命令的口吻对我说。

要是在平时，我一定会冲过去把他扶起来，可此时此刻，尽快阻止魔法的迅猛发展，就等于救了李奥和全城的人们。

　　我茫然地敲响了 536 病房的门。李奥的妈妈来开门，一见是我，二话不说就把我推到祖父的床前。

"我希望它现在还在你手里……不然的话,咱们还是开始造船吧!"他坐在床上,用浅蓝色的眼睛望着我说。

我默默地从兜里拿出树杈,双手递给这位老爷子。水流依然旺盛地喷涌着,浸湿了他的病床。

他两手分别握住Y形树杈的两端,将末端在自己身边挥舞了一周,仿佛这个坚决而威严的手势可以驱散魔法一般。

"好了好了,一切都结束了,我的宝贝儿!现在,快快安静下来吧,别闹了!"

他不仅是测泉师,简直还是位驯兽师,正熟练地驯弄着手心里的这头怪兽。

"这个孩子本来并不想惹你发火,他只是想试试看,自己有没有天赋。或许可以说,他比世界上的任何人都更有天赋。

41

不过,他保证,再也不会不懂事地和你嬉闹了！永远不会！"

"我发誓！"我叫出声来,就像这个测泉叉也可以听见我说话一样。

它接受了我的道歉！

Y形树杈停止了喷涌,我身后浴室里的水龙头也都戛然关闭。

"看啊,水停了！"李奥冲进了房间,像只落汤鸡一般。

同时, 医院里响起一片热烈的喧哗声,我猜,全城的各个角落也是一样。

"赛姆,你知道吗？多亏有你,许多难以探明的水源都被发现了,现在城里又多了八座新的抽水站。"

李奥坐在祖父厨房里的餐桌边对我说。我没有回答他,心里想,应该说是"都怪有我"才对吧。

"好了，现在，你可以动手雕刻你的测泉叉了。我会教给你一步步的做法的！"祖父将他的小折刀递给我，我专心地听他吩咐。

"爷爷，我的好朋友很有天赋的！"李奥还在说着，"以后到了沙漠里，他可以探测水源，挖掘新井什么的，可以创造很多奇迹呢……"

"好好好，先让人家安静一会儿，赛姆需要保持专注……首先呢，第一步……"

李奥的祖父顿了顿，望向窗外水光粼粼的萨波河。

"第一步，为了以防万一……我希望你们俩都先去学会游泳再说！"

目　录

一

于贝尔·本·凯蒙

　　于贝尔住在南特市。他曾经目睹过卢瓦尔河汛期的水势,那场面又可怖又壮观。可惜他的灵力不足以用榛树权感知水源(于贝尔已经亲自试过了),只能给大孩子和小孩子们写写故事,一写就是许多年。这支笔令他想放也放不下。

托马·埃雷茨曼

　　快,快,快! 就像他画的赛姆和李奥一样,托马也一直在和时间赛跑,奋力拼搏。这并非是他不小心用魔杖引发了洪水的缘故,而是因为他每次着手画插图之前都太过拖拉,以至于截止日期之时不得不奋力赶稿。"这样一来,我就更加贴近书中人物的状态啦",他自嘲道。

史文心

　　你见过泉水吗? 和地表的江河小溪不同,泉水更加清澈,因为它是从地下水层中直接涌出的。在我国的多数地方,地下水都是我们生活用水的主要来源。可是,如果我们不珍惜用水,过度使用的话,会造成地下水位下降,甚至让河水断流,水源枯竭。到了那时,就是请李奥的爷爷带上传说中的测泉叉,恐怕都难以找到水源啦!

ISBN : 978–2–09–252753–5
N° éditeur : 10165624 – Dépôt légal : janvier 2010
Imprimé en France –N°L52551b

趣味开启阅读·悦读系列图书

魔法气象牌

[法]于贝尔·本·凯蒙 / 著

[法]托马·埃雷茨曼 / 绘

史文心 / 译

　　小福弟从他的牌里抽出了八张我从没见过的牌来。上面画着天空中的云彩，形状各异、大小不同。只有2级战斗力。

　　"这是什么玩意儿？"我装出不屑一顾的样子问。

　　"我也不知道这种牌怎么玩。我猜，可能是用来决定牌局里天气的牌吧……"

　　"那能有什么用？"

　　"嗯，要是下雨或者下雪的话，也许敌人的进攻会受到影响吧……具体的我也说不好……"

这些牌的魔法，只有试过才知道！赛姆，万万当心！

铜像回家记

图书在版编目（CIP）数据

塞姆：小勇士奇幻事件簿 /（法）凯蒙著；（法）
埃雷茨曼绘；史文心译.—青岛：中国海洋大学出版
社，2011.7

    ISBN 978-7-81125-765-6

    Ⅰ.①塞… Ⅱ.①凯… ②埃… ③史… Ⅲ.①儿童故
事—作品集—法国—现代 Ⅳ.I565.85

    中国版本图书馆 CIP 数据核字（2011）第 154370 号

出版发行　　中国海洋大学出版社
社　　　址　青岛市香港东路 23 号　　　邮政编码　266071
出 版 人　杨立敏
网　　　址　http://www.ouc—press.com
电子信箱　WJG60@126.com
订购电话　0532-82032573（传真）
责任编辑　魏建功　　　　　　　　电　　话　0532-85902121
印　　　制　山东鸿杰印务有限公司
版　　　次　2011 年 7 月第 1 版
印　　　次　2011 年 8 月第 1 次印刷
成品尺寸　140 mm×190 mm
印　　　张　15
字　　　数　146 千字
定　　　价　88.00 元（全套 10 册）

铜像回家记

[法]于贝尔·本·凯蒙 / 著

[法]托马·埃雷茨曼 / 绘

史文心 / 译

中国海洋大学出版社

·青岛·

树枝？上肢？

"天哪！我脚上这么多水泡，要是都像灯泡一样闪闪发光，足够在市政府广场庆祝圣诞节的啦！"

"你就不怕这双臭脚把全城的居民都吓跑啦？"

李奥看了我一眼，想知道我是开玩笑还是当真生气了。我做了个鬼脸，让他明白，他一脱掉鞋，就犯下了污染环境的重罪。

"总得让脚透透气吧！"他笑眯眯地爱抚着脚趾头。

"好好好，你倒是舒服了，可我都快被熏死了！"

"我觉得这味儿也不难闻啊！"

这样争论下去还有什么意义？今天下午，不管发生什么事，都改变不了李奥扬扬自得的好心情。从我们来到萨波河岸开始，他就一直如此。我们沿着河边拉纤用的小路散步，李奥拍了许多照片。他一面赞叹早春时万物复苏的景象，一面醉心于

萨波河的粼粼波光和水中美丽的倒影,也同时迷恋着自己那部性能出色的新相机。如果这时,头上来阵晴天霹雳、狂风暴雨,我敢说,李奥也顾不上去避雨,只会习惯性地叫一声:"好美啊!"

我的好朋友飘荡在幸福的云朵上,正是因为这部相机的缘故。它是他父母刚刚送给他的生日礼物。李奥身背最新款的相机,俨然以大摄影师的身份自居。他一会儿对着雏菊花心里迷路的蝴蝶"唰唰唰"按下快门,一会儿朝着漂在水面上的半截枯枝"唰唰唰"一阵狂拍。不过,我完全理解他的喜悦,毕竟今天下午我们是约好了散步的时候正式启用新相机的啊。

终于,李奥重新穿上了鞋,拯救了地

球环境。我们继续向前走去。才过了100多米,正当我们来到萨波河畔一片常见的卵石滩时,李奥突然叫出声来,手指河面。我仔细看了会儿,并未发现低处的河畔有什么异常。眼前仅有沙石间生长着高高的野草,散落着几根弯曲的树枝,这景象既不值得李奥为了拍出好照片而惊喜,也不足以让他感到惊讶。

"你……你看……那里有……有根胳膊从地下伸出来!"李奥后退了几步,结结巴巴地说。

我从没见过他的脸色如此苍白。

"你还真是艺术家附体啊,怎么疯疯癫癫的?不过是几根刺槐枝,竟然被你当成了从地下冒出来的幽灵……"

这句话我还没说完，就感到心脏狂跳，双腿发抖，仿佛一阵阴风吹遍全身。我原先以为那是一段普通的树枝漂在水面上，浸得发黑；这时才看清，那确确实实是一条胳膊！它套着污泥染脏了的外衣，直挺挺地露出水面，食指伸向天空，作出个威胁般的手势。

我怔住了，好一会儿说不出话来，不由自主地盯住这根手臂，想不明白它是从哪儿冒出来的。然后，我听见身后李奥一边逃跑一边飞速按下快门的声音，才突然醒悟过来，不屑地说：

"哎呀，不就是个雕像的碎块么……来帮我把它扒出来！"

其实，那只是整个雕像的一部分。

我没有想到，在这条胳膊下面，还连着肩膀、身躯和身体的其余部分。

二

奇怪的错觉

那天下午,我和李奥以无比的激情挖着河泥,超过了历史上所有的寻宝者。萨波河岸上遍布我们给弹子球划立的路线,为遥控车挖出的轨道;这一次,我们也熟练地翻掘着,才用了 15 分钟,就让这个伸着手臂的恐怖雕像露出了全身。最辛苦的活儿则是从泥坑里把它拉出来,小心翼翼地放在岩石上,再用河水冲洗干净。

"简直像个中世纪的人物啊!"李奥说。

"看起来似乎是青铜做的!"我用手指轻轻弹了几下雕像的腹部。

它约有60厘米高,雕刻的是一位留着络腮胡子的老人,头戴朝圣者常用的风帽,遮住了部分面容;身着长长的斗篷,从肩膀一直垂到踝际;脚穿一双便鞋。

"这肯定是有人从教堂里偷走的雕塑!咱们找到宝贝啦!"李奥高兴得跳了起来,"咱俩可以上报纸了,还能把我拍的照片也登上去!多光荣的事儿呀,赛姆!多光荣啊!"

"话虽没错,得先把它拖到博物馆或者警察局去才行啊。这东西至少有30千克重,恐怕不用几个小时是搞不定的!"

"咱们出发之前,先和它合几张影吧!"

这个李奥啊!他刚才还蛮横地拒绝把新相机借给我,这会儿又坚持要我把它接过去,让他和这个神奇的雕像从多个角度合影。

我以萨波河为背景,给他们拍了四五张照片。然而,在这时,我突然感到一种奇怪的不适。不知是太过疲倦的结果,还是光线变化造成的错觉,我竟然感到眼前雕像的斗篷动了动。当然,这只是我的错觉罢了。

李奥脖子上挂着相机，手抬雕像戴着风帽的头部，走在前面。我紧握它幸免于河泥掩埋的双脚，走在后面。正当我们沿河滩往那条拉纤用的小道走去的时候，李奥不小心打了个趔趄。

为了不至于跌跤，也是为了保护手里珍贵的雕像，李奥下意识地倒向旁边的一棵树。说时迟，那时快，我瞬间看见了一件不可思议的现象：这个雕像竟然展开了自己的右手！本来食指指向天空的那只手，此刻抓住了一根树枝，来帮李奥维持身体平衡！这动作只持续了几秒钟，雕像就恢复了原状，然而我看得清清楚楚，绝对不是拍了太多照片、头晕眼花而产生的错觉！我失声尖叫，不自觉地松开了手。

17

"李奥，小心！这根本不是雕像！"

他听得一惊，也松开了手。我们的宝贝玩意儿就这样掉到了地上，沿着堤坡一路滚下，倒在了河边。

"你疯了吗？乱说什么呢?！"

"你……你看！"我指着河边沙滩上的朝圣者雕像，口齿不清地说。

只见那雕像缓缓地移动着，身体撑着地面，背部蜷缩，先是单膝跪地，随即站了起来，把阴沉的目光投向我们。

"你们这两个小淘气鬼，怎么做事情毛手毛脚的！以后得学会轻拿轻放。当然，这次我被救出来，确实欠了你们的人情，不过呢，我毕竟已经300多岁了！你们要是不主动过来扶我走上河堤，那就干脆把我抬到市中心好了！漫长的 312 年来，我一直想去那儿。因为，就在今天，我有一个重要的约会要赴！"

他将手伸向我们，强迫我们帮助他回到河堤上。我触到他的手时，发觉它是冰凉的。

三

泽丽在等待

要是这天下午有个远足者遇见我们的话，他一定会心脏病发作而休克倒地的。因为，我们身旁的这位雕像不但会独自走路（当然，走得很慢很慢，同时吱吱呀呀地发出铜锈摩擦的声音），而且，他还在没完没了地讲话，语气庄重，嗓音深沉，身体的空腔里还响着回音。

阿基巴德真是个唠叨大王，一路上就没停过嘴。在我看来，这是在弥补他3个世纪来的沉默。他先向我们解释道，他被塑造成了18世纪伟大的天文学家阿基巴德·海宁的形象，雕塑师生活在法国东部，名叫提奥·布吕尼兹。当时，一位德国商人和本地有生意上的往来，打算送一批雕像给我们的城市作为礼物。遗憾的是，一艘运载船沿萨波河而下，竟在离城区不远的地方失事，所装载的货物全数沉在河里。从此，这尊雕像就踪迹全无。上百年来，萨波河水卷走了河堤上的一部分泥土，在日积月累的冲刷中，阿基巴德的手指和手臂也渐渐露出了水面。于是，今天下午，是我们两个最终给予了他重见天日的机会。

"布吕尼兹生前是位伟大的艺术家，但不为人知的是，他也是一位伟大的魔法师。在那个时代，若是谁有什么神奇的能力是人们无

法解释的，他就会被当作巫师，送上柴堆，遭受火刑！"阿基巴德接着说。

我们怎敢不相信他说的话呢？就在刚才，我们亲自把他从河泥中挖掘出来，而现在，他在我们身边一步步地走着，还详细地给我们讲述着他的故事，对自己要去的地方了如指掌。

"在你们的城市里，泽丽一直在等待着我。她对于我，是暗夜的明月，昼间的清风！这么多年来，我始终能感觉得到，她知道我就在她的不远处！她在等待着我！"

李奥背着他偷偷朝我做了一个手势：食指在太阳穴边点了点。这手势的含义很明白：在李奥看来，我们身边这个家伙脑子有点不正常。

"那位叫做泽丽的女士，在哪儿等待您呢？"我腼腆地问道。

"她在剧院门口的台阶前面耐心地等着我哪！剧院离这儿远吗？"

"剧院？在市中心！咱们要穿过市中心可不是什么容易事儿啊！"

李奥继续抱怨着：

"再说了，我也想不明白，就算您的老朋友去年在那儿等您，昨天也在，谁知道她今天是不是还会去等您？您凭什么这么自信呢？"

"泽丽一定在等我！我知道，我也感觉得

到！300年来一直如此！年轻人，我不允许你怀疑她！另外，与其在我背后指指点点，把我当成脑子不正常的人，还不如先把自己的脚洗干净呢！闻起来像是马厩和粪坑混合的气味……"

难道阿基巴德背后也有眼睛，不然怎么会知道李奥的动作呢？他的这话一说完，李奥便乖乖地不作声了。

"咱们去搭电车吧，始发站离这边不远。要去市中心，没有比电车更简单更快速的法子了。等到了那边，我们可以抬着您，也可以假装您是我们的小弟弟，只不过呢，是为了参加生日聚会而化装成雕像的小弟弟罢了。"

"小弟弟？我提醒你，赛姆，我足足有300多岁了！不用担心，一到了市区，我的朋友们就会知道，我回来了！"

"那可不一定！"李奥说。

"一个臭脚熏天的小毛头，也好意思怀疑我家主人提奥·布吕尼兹的魔法么？"

直到我们上了电车，李奥什么话都没说，破例地连张照片都没拍，大概正窝着一肚子火呢。

四

时间停止

"**小子**,你这数码相机看起来挺不错的嘛！拿来给咱瞧瞧！"

对李奥说话的男孩身后跟着两个同伴,他们刚才是和我们一起从始发站上车的。本来,我们一上车就带着阿基巴德往车厢尽头走,为的是避人耳目,没想到却引起了他们三人的注意。为首的那个年纪略大些,径直走过来,堵在我们面前的通道中央,两个跟着他的男孩堵站两旁,以防我们逃跑。

"想都别想!"李奥说,"这是我的!"

"怎么着,就凭你俩也敢跟咱比划比划?"

说完这话,他又看见了披着斗篷的阿基巴德:

"……再加上一个万圣节打扮的小矮个儿?"

他猛地伸手抓住李奥脖子上的相机背带,用力一拉,狠狠勒住,为的是让李奥喘不过气,乖乖交出他的宝贝。我毫不犹豫地冲上前去,正要出手相助,谁知这个小混混一拳过来,便打得我站立不住,跌倒在两排座位之间。

"黄牙小儿,我劝你们立即停手,放开这孩子!"

"小家伙,你是在和我说话么?"那个男孩

冷笑着转向阿基巴德。

"我看你是一口黄牙，尖耳猴腮，不知好歹！"

"来啊，你也想挨一拳是不是？别急啊你……"

这话还没来得及说完，只见阿基巴德伸出小小的手指朝他一指，那男孩就瞬间石化，被定在通道中央动弹不得，一只手还搭在李

奥的相机带上。与此同时,阿基巴德用飞快而准确的手势定住了那两个同伙。

"一会儿下车的时候记得提醒我把他们给放了。等他们恢复过来,就不记得刚才的事情了！我家主人真是个伟大的魔法师啊！"

此时此刻, 谁还敢对此有半点怀疑呢?

要到达市立剧院广场,得先下坡,到了多媒体图书馆之后,再往城市的高处走一会儿。平时,我们走完这段路连 10 分钟都用不了,可是阿基巴德早在萨波河岸边的时候就耗尽了大部分的气力,我清楚地看到, 他每走一步都很艰难。一走完 20 米,他就要求停下来歇一歇。为了节省力气,他连话都不肯多讲了。这里人流密集,要是我和李奥一起抬着他，只怕会被当成偷雕像的小贼，可是，要我们轮流背他走，他又实在太重了。

来到共和国广场时，我们在纪念喷泉池畔停步休息。一个和我们年纪相仿的男孩走过来，盯着阿基巴德看了一会儿：

"哇！你这个玩偶好棒哦！是塑胶做的么？他是什么游戏里的人物啊？你在哪儿买的？"

"怎么，你没听说过《阿基和泽丽》这个游戏啊？这个是阿基的玩偶，我们过不了多久就能找到泽丽啦！只不过，泽丽比较难找而已！"我用内行的口气说。

"啊，对了对了，我想起来了！这个游戏我也在电脑上玩过！"这男孩唯恐被我们笑话，赶紧撒了个谎。但他还是不肯走，像苍蝇围着蜜罐一样在阿基巴德身边转来转去。在我身边,阿基巴德虚弱地喘着气,我很怕他随时会死去。害怕一件青铜雕像死去,这话听起来虽然很傻,却是我此刻的真实想法。

"赛姆,我感觉得到,泽丽就在离我不远的地方,可是我已经走不动了!借助你和李奥的力气,再加上朋友们的帮忙,或许,或许还可以……"

"只要你需要,我们什么都愿意做,阿基!"

"那好……只要按照我的朋友的嘱咐去办就对了!"

起初,我听不懂他想说什么。后来,我才意识到,那个围着我们走来走去的男孩已经以一个奇怪的姿势被定住了,就像电车上的挑衅者一样,变成了一尊雕像。

"他想告诉你,快点行动,我们无法让整个市中心定住太长的时间!"

我转过身，想知道对我说话的是什么人。只见喷泉里的巨大雕像在朝我微笑着。

"加快速度，赛姆！"她又说了一遍。

在我们身边，一切都被定住了！马路中间的汽车停在原地，公共汽车里的乘客们也一动不动。还有路上的行人、匆匆赴约的人们、长椅上的恋人、推着童车的家长、步伐迟缓的老人……所有人都变成了雕像！

"太疯狂了！我得拍张照片！"李奥叫着。

"没时间了！快抬起阿基的脚！快点！"

我们沿皇家街一路走上去，途经圣凯瑟琳教堂。眼前，所有的居民都动弹不得，顾客们留在商店里，路人以诡异的姿态站在人行道上，一个警察正为乱停乱放的汽车开罚单，手里的圆珠笔停在半空中……然而，那些真正的雕像，那些圣人像，教堂的滴水嘴兽像，不论是大理石或花岗岩材质的，还是其他材质的，此刻都纷纷苏醒。它们有的站在基座上，有的嵌在三角山墙上，从各个方向为我们加油鼓劲：

"孩子们，加油，快冲啊！我们可不能让这个世界定住太久啊！"

阿基巴德实在很重。当我们经过本地英雄贡布拉尼将军身旁，阿基巴德低声询问他：

"她还在那边，是不是，军官？"

"我的朋友啊，她就在这条路的尽头。泽丽一直等着你呢！"将军说着，用佩剑指向了剧院柱廊的方位。

"快告诉我，我这是在做梦吧，赛姆！"李奥悄悄跟我说。

"闭嘴，快走……我看见她了。就在那边，广场中间那个，一定是她！"

"是她！"阿基微弱地答道。

我仿佛在他精疲力竭的脸上看到了一丝微笑。

破镜重圆

她是为他而生，而他也是为她！他们身高相仿，铜质相同……一位才华出众的雕塑家将他们做成这样和谐的伴侣。显然，阿基巴德本来的位置正是在这个基座上。我们把他在她的右侧安置好。泽丽微微转过头来，望着我们。

"泽丽是乘另一艘船来到本市的,她比我早到了 3 个月。我一直相信, 她在等着我!"阿基喃喃地说着,以一滴泪水表达了对我们的感激。那是一滴真的眼泪!

随后,他伸开左臂,拥抱着自己的伴侣,又将右臂笔直地伸向天空。泽丽移转她美丽的面孔,望向他所指着的方向。他们就这样保持着默契的造型。

"阿基?喂,阿基,你看我一眼,我还想给你拍照呢!"

但那尊双人雕像已经一动不动。

"阿基?泽丽女士?"

在我们周围,城市的生活又恢复了繁忙的景象。汽车开动,行人四散,游客们在剧院门前拾阶而上。我用手拍了拍李奥的肩。

"李奥，就让他们保持那个姿势吧。他们是为对方而存在的。现在，他们不愿再移动了。"

阿基巴德回归剧院广场的新闻迅速被刊载在报纸上，然而，谁也解释不了，这尊失踪的雕像在广场上重现时，竟然怀抱着另一尊单人雕像。市长亲自出席了这对双人雕像的剪彩仪式，并宣布自己愿意为那位匿名的慷慨捐赠者授予本市的荣誉勋章，只要他肯现身于公众面前。

"咱们要不要拿我的照片去给市长看啊？"李奥手中晃着那几张我为他拍的合影照片。

"还是让阿基永远地保留这个秘密吧！"我答道。

我知道自己这样做是对的。因为，每

次我在剧院广场散步，阿基和泽丽都会悄悄地向我投以微笑。还有，当我经过贡布拉尼将军或是共和国广场上喷泉池里雕像的身边，我也会听见他们低声向我致敬：

"你好啊！阿基的救命恩人！"

获得全市雕像们的信任，和他们守住共同的秘密，难道不比赢得全世界最漂亮的勋章还重要吗？

目 录

于贝尔·本·凯蒙

　　赛姆和李奥救出阿基巴德的那条河边小路是真实存在的！它就在于贝尔居住的南特市郊的卢瓦尔河畔，看起来和其他的河边小路没有太大区别。可惜，于贝尔好几次骑自行车去那儿散心，却根本没有发现半点儿古老雕像的影子。所以，他只好命令那雕像速速出水，不，准确地说，是速速在他脑海中出现。然后，他就可以使用作家的权力，来拯救文物，来命令铜雕开口说话，再令他找到自己的心上人……总之，作家的权力是无限的！

托马·埃雷茨曼

　　他于1974年生于米卢斯，几乎一生下来就爱上了连环画。不过，直到他从斯特拉斯堡装饰艺术学校毕业之后，他才终于在2000年于戴乐古（Delcourt）出版社出版了自己的第一本个人作品集。与此同时，他也从事插画家的工作。到了今天，他自己也说不好，连环画和插画，他究竟更爱哪一样……

史文心

　　说起来，东方和西方有好多好多的相似处。比如，在希腊神话中，蛇发女妖梅杜莎会以她的目光将不幸的人变成石头；在我国民间传说里，也有大禹的妻子化为望夫石的凄美故事。而书里提到的滴水嘴兽，一种用来装饰教堂的排雨管道口的怪兽雕像，在我国古代也有类似的石雕，那就是螭首。这种看起来憨厚可亲的大龙头，也是排水的秘密出口。如果你去故宫参观，一定会在汉白玉台基上见到它们呢！

©éditions Nathan (Paris–France), 2007 pour la première édition

©éditions Nathan (Paris–France), 2010 pour la présente édition

Loi n°49956 du 16 juillet 1949 sur les publications destinées à la jeunesse

ISBN : 978–2–09–252865–5

N°éditeur: 10168727 – Dépôt légal: mai 2010

Imprimé en France par Pollina – L54182

麦片盒里的水怪

[法] 于贝尔·本·凯蒙 / 著

[法] 托马·埃雷茨曼 / 绘

史文心 / 译

到了 6 月份，新一季的流行品出现了。那就是文身贴纸。

贴纸可以很容易地在早餐麦片的盒子里找到。每个品牌的麦片都出了不同的系列，可以说是五花八门、多种多样。这些色彩鲜艳的贴纸用起来很方便，用湿润的沐浴手套或者海绵在背面一抹，图案就印在了皮肤上。过个三四天，文身就开始退色，这时，只消刮一刮，皮肤上就干干净净的了。

结果，赛姆的新文身怎么也刮不掉。他开始害怕了……

飞去来器的奇袭

图书在版编目(CIP)数据

塞姆：小勇士奇幻事件簿/(法)凯蒙著;(法)
埃雷茨曼绘;史文心译.—青岛:中国海洋大学出版
社,2011.7

ISBN 978-7-81125-765-6

Ⅰ.①塞… Ⅱ.①凯… ②埃… ③史… Ⅲ.①儿童故
事—作品集—法国—现代 Ⅳ.I565.85

中国版本图书馆 CIP 数据核字(2011)第 154370 号

出版发行　中国海洋大学出版社
社　　址　青岛市香港东路 23 号　　邮政编码　266071
出 版 人　杨立敏
网　　址　http://www.ouc—press.com
电子信箱　WJG60@126.com
订购电话　0532-82032573(传真)
责任编辑　魏建功　　　　　　　电　话　0532-85902121
印　　制　山东鸿杰印务有限公司
版　　次　2011 年 7 月第 1 版
印　　次　2011 年 8 月第 1 次印刷
成品尺寸　140 mm×190 mm
印　　张　15
字　　数　146 千字
定　　价　88.00 元(全套 10 册)

飞去来器的奇袭

[法]于贝尔·本·凯蒙 / 著

[法]托马·埃雷茨曼 / 绘

史文心 / 译

中国海洋大学出版社

·青岛·

宝物箱

我知道，这个房间并不是我们的地盘。只有朱历思舅舅偶尔来探访我们的时候，才会在这间客房里住几天。所以，这儿留下了他的种种杂物：一些私人用品、衣物、照片之类的，还有壁橱深处的那堆玩意儿，是他从世界各地带回来的纪念品。

朱历思舅舅居无定所，我妈妈只好答应替他保存这些"宝贝"，等他在某处安了家再还给他。但朱历思是个一刻也停不住的探险家，我才不信他有什么安家的计划①。

"马上就好……我好像摸到它了……"我把身子探进一个大铁箱里。

"你在找什么呢,赛姆?"李奥问我。

"就是这个!"

我从铁箱里钻出来，手里拿着一个扁扁的小皮袋。

"这是个什么玩意儿呀?"

"是朱历思舅舅上次从澳洲带回来的。据他说,这件'非常奇异'的武器,是专门捕猎袋鼠用的。我记得他的原话是'非常奇异,但也极度危险'。好像还说它

---

①请参看《绿色变形记》。

有什么魔力来着，因为是土著部落的一位伟大的巫师送给他的礼物。你瞧！"

我把它从皮鞘里抽出来，得意地在他眼前晃了晃。这是一枚飞去来，雕刻得异常精致：它的材质是深色的木头，上面带有浅色的纹理；中央部分的厚度才只有一厘米的样子，两侧更是薄得像刀刃一样锋利。比起店铺里卖的那种贴着花里胡哨的广告画的飞去来器，我觉得这个要厉害多了。

相比之下，李奥却一点儿也不兴奋：

"你要拿这个旧旧的木片干什么用啊？"

"当然是实验一下啦！"

"这又是什么东西啊？"他从我脚边拾起了一片皮鞘里掉出的小纸片。

李奥展开那张纸，低声念了一遍，随即抬起头来看着我，不安地说：

"咱们最好还是把这个'非常奇异，但也极度危险'的东西放回原处吧！不光我这么想，你舅舅也是这样嘱咐的喔！你自己读读看。"

"它如子弹般迅捷，像蜂鸟般轻盈；目标精准，仿佛射出的箭；穷追不舍，酷似饥饿的鹰。

若是袋鼠遭遇它疯狂的飞行，这场捕猎定然毫不留情。

它在沉睡。请永远、永远不要将其唤醒！

朱历思 上"

读完之后，我大笑起来：

"舅舅这家伙真有意思！不就是怕我乱翻他的东西么，亏他编得出来！"

"赛姆，万一这是真的呢？"

"拜托！难道你经常在咱们这儿的萨波河边看见袋鼠啊？"

"那倒没有，不过……"

"好啦，胆小鬼，咱们去玩儿吧！"

二

出发吧!

"随你怎么折腾,反正这种东西都是骗人的,根本就飞不回来!"

"李奥,别吵了行不行?让我试试看。"

"好,到时候你可别叫我替你大老远跑过去捡啊。"李奥还在嘟囔着。

"根本就不用捡,既然叫做飞去来器,当然是会自己飞回来的啊!"

"赛姆,你就做梦吧!"

说这话时，我们正站在萨波河岸的一大片空地上。我手捏那枚轻如羽毛的飞去来器，想起在电视节目上看过原始部族的猎人是怎样使用它的：他们迎风而立，放低手中的武器，然后以干脆利落的手法将它狠狠地抛出去。当然，我也只是见过画面，可从来没有机会亲自尝试。李奥等得不耐烦了：

　　"赛姆，你快点儿！说真的，我觉得咱们本来就不应该乱翻你舅舅的东西。何况，又看见了他留的纸条……"

　　"出发吧，飞去来器！"我大喝一声，手臂抡了半圈，将它掷了出去。

　　它飞得很高，打着旋儿，一路向远处而去。

　　"一会儿就会掉下来的！"李奥咕哝着，"再说，你刚才使的劲儿也忒大了！"

　　"它会回来的！"我纠正说。

　　结果，如我希望的那样，飞去来器向左方划了个大弧线，掉头朝我们飞来。

　　"我不信！"李奥还在喃喃地说。

　　它在空中嗖嗖作响，急速地迎面而来。我紧紧盯着，伸开双臂，随时准备接住它，像个罚点球时的守门员一样全神贯注。

　　"居然回来了！太夸张了！"李奥说。

　　"很正常啊，这是真正的飞去来器！"

　　飞到我们附近的时候，它减慢了速度，嗖嗖声也变得低沉起来。我站在它必经的路线上，确信自己一伸手就可以抓得到。但是，离我只有3米远的时候，它突然向左转了个弯，狠狠冲进了我们放在足球旁的那堆衣服里！

"没接到真可惜，但你已经很厉害了呢！总不能第一次就成功吧！"李奥为我加油鼓气。

"我想不明白，它最后怎么会突然改变方向！"

"可能是风吹的吧！"

我把衣服拿起来，想捡回飞去来器，却发现我的外套出了点问题，一只衣袖被划了道20多厘米长的大口子。

"天哪，今天晚上回家可有好戏看了……这可是件新外套！"我赶紧套上衣服，检查划痕是否明显。

"把那玩意儿给我试试。我敢说，你扔得肯定没有我好！"

李奥走开几步,迎着风,像我一样摆好了姿势。飞去来器腾空而起,威武地在秋日的晴空中划了条弧线。它朝我们飞回来的时候,我确信,李奥肯定能抓住它。然而,这个"木片"又一次毫无征兆地改变了方向……

事情来得太突然,太不可思议,我不知该如何解释……飞去来器加快了速度,疯狂地冲刺过来……简直像是终点前的加速!

我这才反应过来,它是在对着我发起全力冲刺。我拔腿就跑,放声大叫。

三

袋鼠捕猎者

"快跑啊,赛姆!快跑!"李奥在背后为我加油。

"我来了,赛姆! 别想逃!"它却像盘旋在空中的鹰, 对我猛追不舍, 嗖嗖作响。

我吓得汗毛倒立, 拼命往空地中间狂奔。飞去来器依然不知疲倦地跟在后面。

不论我怎么兜圈子,怎么急转弯,它

都会灵敏地作出相应的变化；我用尽花招也甩不掉它，只能勉强争取到一点喘息的机会罢了。它永远在我身后翻飞着，我不用回头，就听得清清楚楚。它仿佛一根由未知力量遥控着的箭，而我，就是它的靶心！

"树丛下面！快躲到树丛下面去！"李奥跟在我们后面跑着。

我也同时想到了这个主意，迅速转向，往萨波河岸跑去。我听见，飞去来器也在空中调整了方向。沿着河岸生满了垂柳和高大的栗子树，我希望这只"袋鼠捕猎者"会在重重枝叶中迷路，不得不终止它威武的追捕。但我想错了。树枝都生长在高处，它果断地转为低空飞行，在离地面仅一米的高度上畅通无阻。

我继续沿着河坡狂奔起来……我已

经没有力气这样跑下去了，又不知往哪里跑，才能彻底躲开它。我故意在树木和岩石之间绕来绕去，但飞去来器似乎对我的一切行动了如指掌，仿佛我是一块磁铁，紧紧吸引着这只无情转动着的圆锯！

我浑身大汗，满眼是泪，充满恐惧，上气不接下气地跑着……感觉自己的心脏都快承受不住了。除非我——是的，眼下也只有这一个办法了——我纵身跃进了萨波河。水并不深，但很冷。在我入水的一刹那，飞去来器刚好掠过我的头顶，随即也跟着冲进了水里。

河水冻得我大叫一声。几乎窒息。李奥奋力把我拖上了河岸，也被弄得浑身湿透。

飞去来器呢？它正静静地裹在岸边的水草里，失去了攻击性。看着这片简简单单的木片，刻成小写字母"v"的形状，谁能相信它刚才差点杀掉我？它居然想杀我！

我在石头上坐下，恢复呼吸，平定下来，又脱了外套，把水拧干。李奥趴在低处的岸边，试着用一根长长的枯枝把飞去来器捞上来。

"我求求你，别弄醒它！"我牙齿打着冷战，挤出几个字来。

"按照我的理解，只要不把它抛出去就好。你想，之前咱们带着它从家里来到这儿的路上，那时一切都好好的啊！"他回答说。

他朝我走来，用指尖轻轻捏着那枚

飞去来器，就像刚捉住一只蜘蛛或者蝎子似的。

"走吧，赛姆，咱们还是回家吧。先去你家洗澡吹干，你借我几件你的衣……"

他突然闭了嘴。仿佛被催眠了一样，他的眼睛呆呆地看一看我，再看一看我晾在石头上的外套，来来回回地转动着。

"赛姆……我……我感觉我……已经明白了……袋鼠……就是你啊！"

他为这一新的发现魂不守舍。可我努力地想了想他说的话，又仔细瞧了瞧我的外套，怎么也弄不明白。

"是，是，是扣……扣……子，在那儿！你的扣……你的扣子！"李奥结结巴巴地说。

果然，更加仔细地看看外套，我就全

明白了。

外套上的每一枚铁扣子上都刻着弧形的文字"悉尼童装",而这圈字的中央，则是一只小小的……特别特别小的，小袋鼠！

要不是注意到这件事情，这外套就无法摆脱朱历思舅舅具有疯狂魔力的飞去来器的追捕。

四

千万别松手！

"你握紧它了没？你确定?!"我不断地问李奥，足足问了 10 多遍。

"别担心！我握得特别紧，握得我手都疼了！"

我们走在萨波河边一条拉纤用的泥路上。在左手边 100 米的地方，有一道高高的河堤，堤上就是回家要经过的公路。我们的鞋子浸透了河水，简直可以拿来养鱼，而袜子则脏得像抹布一样。我重新穿上了湿漉漉的外套，觉得更冷了。李奥比我也好不到哪儿去，他正呼噜呼噜地吸着鼻涕，一路上不停地打着喷嚏。

"你本来还说，飞去来器'非常奇异'什么的，都是你舅舅朱历思编出来骗你的！"

"别再提这事儿了，一提我就打哆嗦！你握紧了没啊？你确定？"我打着寒战说，"它最好今晚就回到那个宝物箱里，躺在皮套里慢慢发霉……越快越好……"

"说得对，咱们从这里横穿马路，不就可以快点儿到你家了吗？"

这公路是一条繁忙的国道，想横穿它，必须要冒很大的危险。

其实，在稍远一点的地方有条地下通道，我们来的时候就是从那儿经过的。

不过,直接横穿马路的话,可以节约一刻钟的路程:我们又累又冷,又想快点把飞去来器放回箱子,总之,实在太想早些回家了……

国道上是宽阔而迅猛的车流。站在安全护栏后面,李奥拿着飞去来器,我抱着足球,心里都在嘀咕着,车又多又快,这可怎么穿过去啊?

一辆雷诺的面包车从我们擦身而过,我忍不住大喊:

"太危险了!"

"看那边,咱们从那辆绿色的轿车后面穿过去,走到中间的护栏那儿再停下来等一会儿。"李奥做好了准备,蠢蠢欲动。

"别别别,我看还是算了!我今天已经差点儿送了命,不想再试第二次了!"

"要走地下通道的话，起码得用 20 分钟呢！"

"那又怎么样，总不能为了节约 20 分钟，连命都不要了！走吧走吧，咱们从地下通……"

一辆巨大的半挂货车突然鸣笛开过，连我们脚下的柏油地面都震动起来，吓得我向后一躲，一个跟跄仰空摔倒在身后的河坡上。不幸的是，我倒下的时候不由自主地拉住了李奥的胳膊，害得他也一并倒地，沿着河堤滚了一段。

就在李奥翻滚的时候，他无意间放开了飞去来器，急得大叫：

"赛姆！！！小心啊！！！"

飞去来器被轻轻地抛向空中，从我们上方飞了出去。一阵秋风吹来，让它获得了速度，旋转着飞向了远处的车流。

噩梦又一次来临了！

"你的扣子！快把扣子拽下来！"李奥狂喊。

我本来已经撒腿就跑，听到这话，毫不犹豫地狠力拽下了外套上的扣子。一转身，我就被吓坏了，飞去来器正在空中画出巨大的弧线，转向飞来。

六枚扣子！我把它们尽可能远地分别往不同的方向扔了出去。

我每扔出一枚扣子，都看见飞去来器在空中犹豫了一下，放慢旋转的速度，缓缓剪割着空气，随后猛冲向那粒被我拽下的铁纽扣，在半空中将它撞碎。我感觉自己像是在喂养一只在我头顶上飞行的猛禽。

整整六次，它不懈地以毁灭性的力量旋转着。不管我把扣子扔得多远，飞去来器都成功地在飞行间将其击中，接着向我飞来。当它在一棵橡树附近完结了最后一颗扣子时，我希望它已经被喂饱。不好，它还是不满足！

　　是袖子，我忘记了，袖子上也有！

　　于是，袖口的两枚扣子也被我抛了出去，遭受了和另外六枚同样的命运。

　　我相信这一切已经结束了，飞去来器将安静地落回地面，完成它疯狂的狩猎。然而，它并没有落在萨波河岸边的土地上，而是飞得更高，非常地高，直到变成乳白色天空中的一个移动着的小黑点。

"咱们唤醒了它,它现在还处在猎捕的状态,一时没办法停止。"李奥追上了我,大口喘着气。

"究竟还要多久?"

"它下来了!它在加速!赛姆,是不是你忘记了哪枚扣子?!"

李奥说得没错,飞去来器又一次全力飞向我们。

"不可能,我已经扯掉了所有的扣子!我确定!"我木然地对李奥说。他站在那里动弹不得,望着那只"饥鹰"以令人头晕的速度向我们冲来。

五

袋鼠之墓

我朝萨波河边跑去，准备再次跳进河里躲避起来。可是，这个位置的河水比先前那里要深得多，水流也更加迅急。

犹豫之中，我在水边停下脚步，转过身来，想看看"追兵"的情况。

飞去来器距离我居然只有5米远了。它瞄准的方向，是我的心脏……

我及时扑倒在河边的淤泥里。这个凶猛的家伙从我身上掠过，划破了我前

胸部位的外套。这次撞击的惯性把它远远抛向了对面的河岸，但它又一次掉过头来……

我知道，它正对我发起新的袭击，要来取我的命……我躺在河泥里，累得一动也不能动，准备放弃反抗。但李奥不肯放弃！他站在我身边，抓住我的肩膀，脱下了我的外套。就在这时，我从外套前面那道长长的口子里看见了衣服的里子。李奥也看见了。在里面的衣标上绣着一只袋鼠，造型和纽扣上一模一样，个头却要大得多。空中飞着的那个木片的目标，就是这只袋鼠啊。

李奥粗暴地撕下里子，把一大块布料连同衣兜一起扯了下来。

果然，向我扑来的飞去来器立刻改

变了方向。

"李奥,小心,它向你追过来了!"

只见他应声卧倒在我身边的淤泥里,飞去来器差点就割破了他的手掌。

又一次,飞去来器不知疲倦地穿过了萨波河,在对面的河岸上空划出巨大的弧线,准备发起新一轮的进攻。

我们只需要在淤泥里打几个滚,尽量离这块布料远一些,就足以幸免于难。然而,此时的我们已经疲倦得陷在泥里无力动弹。飞去来器马上就要赢得这场战斗了。

可是,它并没有急着向我们冲过来,而是高高地在萨波河上盘旋着,绕出一个又一个的大圆圈。

原来,它在寻找……

这时我才明白过来，李奥倒下的时候，从手臂到手掌都淹没在了污泥里，那块布料大概陷得太深，以至于追捕它的家伙无法轻易地接近。它虽然能准确地感觉到布料的位置，却还在寻找合适的途径"收割"它。

"得把布料埋得更深一些！"我对李奥说。

"那它也一样会冲我们飞下来的！"

"我就是想让它飞下来……快帮我一起弄！"

我摸到了一根长长的枯枝，用它抵住布料，往污泥里面捅了足有30厘米深。

李奥在我的帮助下滚来了几块大石头，埋在这个小洞四周。就这样，没费什么力气，一个"袋鼠之墓"就完成了。我们随即远远避开。

在萨波河上的高空中，飞去来器还在威胁性地盘旋着，划着大大的圈子，窥伺着它的目标，渐渐地失去了耐心。突然，它似乎开始了新一轮的攻击，比先前的每一次都更加迅猛，更加疯狂，仿佛一道闪电般地，直冲进了我们的陷阱。

它着陆的过程非常激烈！就像一场爆炸！飞去来器撞击在淤泥里埋藏着的石头上，碎成了小片。

李奥和我终于松了一口气。我们默默地走上了回家的路，一句话也不说。

虽然心情已经放松下来，但我们浑身湿透，脏乱不堪，筋疲力尽，而且着凉感冒……我的足球不知忘在哪儿了，外套剩下的部分也破得一塌糊涂。一回到家，我妈妈就尖叫一声，把我们关进浴

室,命令我们不洗干净不许出来。

"别担心,我妈妈的叫声再恐怖,肯定也比不上飞去来器的样子可怕。"我对李奥说。

"可是,还有你舅舅呢！万一他回来了,发现咱们偷偷拿走了他的……"

"我相信,比起一枚完好无损的飞去来器，我舅舅肯定更在意自己的外甥是不是缺胳膊少腿儿！当然,我希望他会这么想……"

这话并没有把李奥逗笑。

我也笑不出来。

目　录

一

45

于贝尔·本·凯蒙

　　当于贝尔像赛姆和李奥这么大的时候，他也整天在壁橱里翻翻找找，希望能发现些奇异的宝贝。大概就是这种好奇心给了他写作的灵感，令他12年来创作了各种广播剧本、舞台剧本和电视剧本，以及各种适合儿童读者的小说。这说明，有好奇心并不是什么坏事。他住在南特市，偶尔闲暇时，也会去卢瓦尔河畔抛出几只飞去来器。但是，它们没有一次能飞回来……

托马·埃雷茨曼

　　他于1974年生于米卢斯，几乎一生下来就爱上了连环画。不过，直到他从斯特拉斯堡装饰艺术学校毕业之后，他才终于在2000年于戴乐古（Delcourt）出版社发行了自己的第一本个人作品集。与此同时，他也从事插画家的工作。到了今天，他自己也说不好，连环画和插画，他究竟更爱哪一样……

史文心

　　你知道吗？飞去来器（也叫做回飞棒或者回旋镖）并不仅仅是澳大利亚原住民的打猎用具，而是在世界各地的土著人中有着广泛的使用，甚至在我国新石器时代的遗址中也发现过。虽然它的形状多种多样，有"V"字型、十字型和三角形等等，但其原理都是神奇的陀螺效应。在今天，飞去来器在美国和欧洲已经成为一项富有娱乐性的体育比赛。你可以找来2000年悉尼奥运会的会标，数一数，里面有几个飞去来器？

©éditions Nathan/VUEF (Paris–France), 2003 pour la première édition

©éditions Nathan (Paris–France), 2007 pour la présente édition

Conforme à la loi n°49956 du 16 juillet 1949 sur les publications destinées à la jeunesse

ISBN 978–2–09–251395–8

N° éditeur : 10136071 – Dépôt légal : juin 2007

Imprimé en France

影子的惩罚

[法]于贝尔·本·凯蒙 / 著

[法]托马·埃雷茨曼 / 绘

史文心 / 译

"讨厌,门是关着的!赛姆,你可别告诉我,咱们千辛万苦来到这里,都是白费工夫!"

李奥跨在自行车上,一边说,一边指了指缠满刺网的铁栅大门;他的脸上还淌着道道热汗。

"门当然是关着的,这个工厂荒废了很多年了。难道你以为,咱们到了地方,推开门,逍遥自在地走进去就行了? 哥们儿,这里可是严禁进入的! 咱们又不是参加学校出游,是探险远征!"

探险总是要付出代价的,但这一次的代价有些不同寻常
……

雪球逃生记

图书在版编目（CIP）数据

塞姆：小勇士奇幻事件簿 /（法）凯蒙著；（法）
埃雷茨曼绘；史文心译.—青岛：中国海洋大学出版
社,2011.7

ISBN 978-7-81125-765-6

Ⅰ.①塞…　Ⅱ.①凯…　②埃…　③史…　Ⅲ.①儿童故
事—作品集—法国—现代　Ⅳ.I565.85

中国版本图书馆 CIP 数据核字（2011）第 154370 号

出版发行　**中国海洋大学出版社**

社　　址　青岛市香港东路 23 号　　邮政编码　266071

出 版 人　杨立敏

网　　址　http://www.ouc—press.com

电子信箱　WJG60@126.com

订购电话　0532-82032573（传真）

责任编辑　魏建功　　　　　　　　电　　话　0532-85902121

印　　制　山东鸿杰印务有限公司

版　　次　2011 年 7 月第 1 版

印　　次　2011 年 8 月第 1 次印刷

成品尺寸　140 mm × 190 mm

印　　张　15

字　　数　146 千字

定　　价　88.00 元（全套 10 册）

雪球逃生记

[法]于贝尔·本·凯蒙 / 著

[法]托马·埃雷茨曼 / 绘

史文心 / 译

中国海洋大学出版社

·青岛·

大话王还是撒谎精？

我并非对女孩子不感兴趣。只是，每到周三和周六下午，我和李奥都一门心思沉浸在探险游戏里，学校里的女孩子笑得再甜，我们也没工夫关心。

直到那天，雷欧过生日，邀请班上的同学们去他家里参加聚会，我才遇见了他邻居家的女孩丽贝卡。

想不注意她是不可能的！丽贝卡光彩照人，惹得许多男孩子按捺不住，像蝴蝶一样围着她飞。我也不例外，不得不承认，我一开始确实觉得她很可爱；可是，没过多久，我就发现她讨人厌的程度简直同她的美貌不相上下。

等大家狼吞虎咽地吃光了生日蛋糕，又欣赏了一番雷欧收到的礼物，丽贝卡就迅速成为了整个聚会的焦点，仿佛大家眼中除了她就看不见第二个人了。这时，她讲起种种不可思议的事情来。虽然依我看，她只是在吹牛罢了。

"没错儿，我去过中国和日本！说实话，东京真是个让人疲倦的城市。至于中国的长城嘛……这么说吧，你只要看了一头，剩下的就不用再看了，全都一模一样！不过，要说美国的科罗拉多大峡谷，那才叫震撼哪！眼见为实，比听说的还要壮观！"

听她讲述着在世界各地的旅行见闻，我们的眼睛都睁得比蛋糕碟子还要大。除了去本地的萨波河边玩，我们几乎都没怎么去过别的地方呢……

保尔想引起她的注意，就说："去年我和爸妈游览了巴塞罗那！"

"我去过！"丽贝卡懒洋洋地叹了口气。

"我去了伦敦！你见过大笨钟①吗？"李奥忍不住想碰碰运气。

"那还用问么！"她耸耸肩膀，冷冰冰地说。

除了这些，她还见过罗马的斗兽场、埃及的金字塔、旧金山大桥……

这时，我有点恼火了。她越是迷人，越是自信，就越是让我气恼。

"你骗人！我舅舅朱历思②是个探险家，他在世界各地旅行，都还没去过你说的那么多国家！"

丽贝卡充满厌恶地看了我一眼。很明显，

---

①大笨钟是伦敦泰晤士河上的一座著名钟楼的别名。
②赛姆系列图书中有一本《丛林惊魂记》，讲述了朱历思舅舅的故事。

她讨厌别人跟她唱反调。整个房间都沉浸在一片尴尬的沉默里。

　　"我没有骗人！不管是纽约第五大道有什么样的景观，还是哥本哈根港口边的小美人鱼塑像长得什么样子，我都说得出来！"

"因为你在网上或者书上看过这些地方的照片呗!"我不留情面地说道,"你根本就没去过,就是在吹牛!"

她握起拳头,咬紧下巴,气愤的表情像个奇怪的鬼脸。她尽量控制住自己不要发火,只说了一句:

"我不允许你说我胡说八道!"

"好好好,你说的都是真事儿,行了吧?你奶奶是不是还在月球上滑过旱冰啊?"

我的话引起了哄堂大笑。丽贝卡站起身,我以为她要来扇我一个耳光,没想到,她只是轻蔑地笑了一下,对我宣布:

"那好啊,赛姆,我请你——现在——就去我家!好让你亲眼看看!"

"又开始胡说八道了!"

"怎么,你不敢去?"她打量着我,冷笑着说。

我站了起来,心里明白,她这么说只是硬撑着不想在大家面前丢脸罢了。

但那时我怎会知道，她是认真的呢。

二

爸爸的收藏

丽贝卡住在离雷欧家两个街区远的一个大宅子里。

"你当心点儿,我感觉这个女生可不是好惹的!我妈妈本来不答应请她来我家玩,只是她实在太……太特别了!"我离开雷欧的生日聚会时,他这样叮嘱我。

丽贝卡自信满满地走在我前面,也不等我一下,不知是要表现自己的高傲,还是想借此引起我的仰慕。

一直走到她家的栅栏边，她才转过身来，对我下了命令："跟我来。"然后，她威风地打开了花园阴影里的一座大房子的门。

我们走了进去，里面很大，像个工作室。长长的工作台中间堆放着很多奇怪的模型，周围是各种工具和塑料片。有一面墙上摆满了大堆的玻璃玩意儿，当时我乍一看，感觉像是些广口瓶。

"你觉得我说的旅行的事情，都是为了假装自己见多识广，很有魅力，是不是？"

"当然，咱们才几岁啊，怎么可能去过世界上那么多的地方。"

"那你可想错了，赛姆！我爸爸有严重的雪球瘾！"

"什么，什么瘾？是一种病吗？"我傻乎乎地问。

"才不是呢！"丽贝卡笑着说，"你看到就明白了！我爸爸在这里建了个实验室。你千万小心点儿，什么都不能碰哦！"

"那你爸爸是做什么工作的啊？"

"所谓的雪球瘾，就是收集雪球的爱好！而我爸爸呢，不仅收集它们，还亲自动手做雪球呢！"她还是一副骄傲的样子。

"做雪球？我每年冬天都和李奥一起做雪球啊。"我傻笑道。

"笨蛋，我说的不是那种雪球！"

丽贝卡从壁橱里取下了一只玻璃做的半球形的物件。里面的缩微模型是纽约港口边矗立的摩天大厦，还有一艘轮船停在自由女神像和岸边之间的海面上。她小心地晃了晃它，就有很多雪花一样的东西飞舞起来，飘落在玻璃球里密封着的模型上。

"我知道了，这就是纪念品店里卖的那种玩意儿啊！"

　　"你要这么说也可以……只不过，我爸爸做的可不是一般的雪球，几乎整个世界都在里面啦。"

　　"你仗着家里有一大堆很棒的缩微模型，就说亲自游览过各种景点啦？"

　　我大笑起来。丽贝卡肯定打算用这些收藏品吓住我，还不是被我识破了！

"你果然是胡说八道啊……就算你爸爸收藏了很多明信片或者地图册，那也不等于你自己就……"

"这些可不是一般的模型！我不许你瞧不起它们！"

说着,她开始使劲跺脚,怎么看都像一个任性又恼羞成怒的淘气包，更让我觉得自己已经大获全胜。

我笑得喘不过气来。

"好了好了，你就一个人待在你的纽约吧,我去找哥们儿玩了啊！"

"不可以！你一定要相信我说的话,这些雪球真的有魔力,很巨大的魔力！"

她发狂一样地对我喊道。

正要踏出工作室的门口，我突然感到仿佛有阵雨点落到我身上。我惊讶地转过身,看到丽贝卡把手伸进一个桶，里面盛满了她爸爸用来填充玻璃雪球的假雪花。而她正在将这些微小的飞屑大把大把地抛向我。我不以为然地耸了耸肩膀：

"你以为这样就能让我变成雪人吗？简直是疯了！大旅行家，再见了！我要去……"

"我知道你要去哪里！"她突然打断了我的话。

一瞬间，我感到自己很滑稽。

滑稽这个词，也只是我的自嘲罢了……

救命啊！

一时间，我没反应过来究竟发生了什么……

这种时候，恐怕没有人能反应过来吧！

因为，我突然发现自己身处某个河岸上，却不是我熟悉的萨波河边，因为这里的河水更加湛蓝，更加清亮！这也绝不是我住的城市。周围的建筑物看起来和我家乡的那些完全不一样！

我右手边是一座白色的雕花石桥，有许多拱洞。它弯弯地跨过一条小河，仿佛水流之上一个漂亮的长音符①。这座桥好眼熟，我在哪里见过它呢？

我完全迷了路，奔跑在荒凉的河岸上。也许，河对岸有人可以帮帮我。刚跑到桥边，我看见了一条船。船尾站着一个男人，手持长长的船蒿，似乎正撑船而行。

"这位先生，打扰您啦！请问，我们这是在哪里啊？！"

那人一动也不动，甚至不肯转身看我一眼。

"先生，我迷路了！"

我嗓子都快喊哑了，仍是白费力气，他对我的呼唤毫无反应。

这时，我才意识到，他的船根本就没有

---

①法语里的长音符是 ^，出现在元音字母上，如 â, ê, î, ô, û。

动！他不是船夫，也不是渔民，而是一个假人模特。船边的水不起一丝波纹，因为这不是真正的河水，而是涂着颜色的塑料板。我居然站在一个布景里。

布景?！丽贝卡爸爸的工作室里有很多的模型……难道，我掉进了陷阱……

突然之间，天昏地暗，所有东西都歪向一边。仿佛一阵无声的地震把我抛到了空中。我整个人都飞了起来，惊恐地看到，自己身边围绕着数以千计的珍珠般的星星。细长的小船，船夫，石桥，小城，一切都颠倒了过来，而我就像一个航天员，不断地沉下去，沉下去，一直沉落到蓝天的尽头……怎么，我的脚竟然踩到蓝天上了！

这次沉降的过程对我来说无比漫长。我刚刚跌倒在这片虚空的蓝天中，整个布景又都颠倒回来，变成了原先的样子。光线重新照亮了建筑和河岸，并且……这里竟下雪了！我先前以为是星星的那些东西，却只不过是些廉价的飞絮。它们四处飘舞着，缓缓地再次落下，而我和它们一起坠落，一样地轻盈而缓慢。这次坠落也用了很长时间，但最终，我还是着陆在了河岸上。威尼斯，我回来了！

　　我想起自己确实见过这座桥，在妈妈的同事寄给她的一张明信片上。妈妈在厨房里的购物清单旁挂着很多明信片。有的是威尼斯和贡多拉①，有的是威尼斯大运河。而那一张，上面画的正是威尼斯运河上的这座美丽的小桥。

　　我居然被困在一个布景像明信片一样的雪球里了！我浑身发抖，却听见整个城市里回荡着一阵笑声……

———————————

①贡多拉是威尼斯特有的一种小船，两头尖尖翘起。

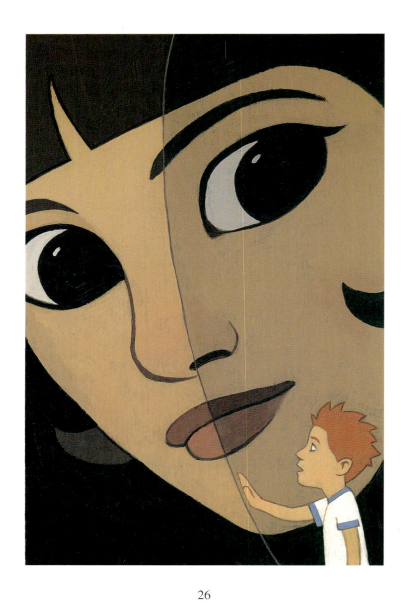

四

她简直疯了！

丽贝卡的眼睛大得吓人。她那张庞大的面孔正从我的玻璃监狱外盯住我看。她的眼神曾经让我觉得那么迷人，这会儿却突然变成巨大怪物的目光。最可怕的是,这个女孩现在看起来像个巨人，完全不是因为她发生了变化,却是因为,我自己缩小得还没有她的一根眉毛长了……

她微微张开了嘴巴，就吓得我沿着城市里荒凉的道路一路飞奔。每一条空荡荡的小路的尽头总是同样空荡荡的小路，每一条运河上永远点缀着贡多拉，上面站着假人船夫。而在我头顶上方，丽贝卡正从玻璃的另一侧兴致勃勃地欣赏着我的惶恐。

　　"怎么样啊，赛姆，你觉得意大利好玩儿吗？"她还在嘲弄我。

　　"放我从这里出去！"我声嘶力竭地喊着。

　　不知是她假装没听见，还是我的声音太细小，飘不到她的耳边。总之，丽贝卡唯一的回应就是用手拿起"威尼斯"，又一次把它倒了过来，让我随着雪花一起在空中飘飞。

　　我非常不舒服，很想呕吐，只能用尽力气对她挥着胳膊，告诉她我有多绝望。

　　"是吗，你想换个地方，是这个意思吧？"

她说，"我知道啦！那你想选择哪个，是去勃朗峰顶登山，还是穿越撒哈拉大沙漠？至少也得看看尼亚加拉大瀑布吧……"

"我哪里都不要去，只想回家！"

我感到一阵恶心，泪水也涌到了眼里，但是我努力忍住，不让它流出来。在她手中，我只不过是个玩具，就像野兽爪子里的一只小老鼠。

丽贝卡一定知道怎么把我从这个陷阱里放出去！只要她声称自己在雷欧家说的无数次旅行是真的，只要她知道怎么进来，她自然也该知道怎么从她爸爸做的雪球里出去。可是，这个奇怪机关的秘密出口究竟藏在哪里呢？我幻想着自己打碎这个玻璃雪球来脱身——虽然这是根本无法实现的——但是，万一我出去之后仍然小得像只蚂蚁，那可如何是好？

　　想到这里,我不由自主地哽咽了。我坐在长音符一样的桥中央,把脸埋在双手里,哭了起来。

　　"都送你去威尼斯了,你却玩得一点儿也不尽兴! 你真是没用,赛姆!"

我用饱含泪水的眼睛望向她，大声喊道："对不起，我错了！我当时不该嘲笑你！现在我相信你说的是真的了，我真的相信你了！"

"我永远是对的！你必须答应我，以后要告诉别人，我说的都是真的！还有，答应我，你得陪我一起继续去世界各地旅行……还有，你要当我的小男朋友……永远都在一起！你要发誓！"

只要她能放我出来，我什么都敢答应。

但就在这时，我无法控制地感到一阵恶心，之前吃的巧克力蛋糕都被我吐了出来……

丽贝卡很不高兴。

"你就是这么答应我的要求的？竟敢嘲笑我，世界上没有人可以嘲笑我！你永远都别指望从这里面出来，赛姆！我是整个世界的女王！"她在大声宣告的同时，又一次把雪球倒了过来，作为对我的报复。

她听得到我的声音，可是又有什么用呢？这个女孩已经不只是顽皮任性或者脾气不好，她简直彻底疯掉了……

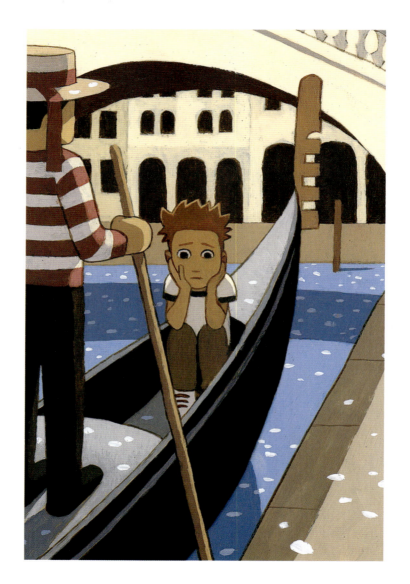

葬身威尼斯?

完了,彻底完了,我会死在这里的。坐在一只小船上,迎着假人船夫空洞的目光,我伤心地想着。我会饿死,渴死,伤心过度而死,或者是筋疲力尽而死……我也不知道先后顺序是怎样,但这已经不重要了……

"你根本就不是什么女王!"我赌气喊道。

"我是!我是整个世界的女王!有我爸爸,我想去哪里就去哪里!"

"虽然你爸爸可以做出神奇的机关,但你却只是个小疯子而已！你永远都不会有朋友的！你就永远孤孤单单地待在这些空空荡荡的地方,对着这些蹩脚的布景吧。没有朋友喜欢你,也不会有人爱你！你会比我还孤独！"

我说的全是我的真心话。

丽贝卡气得直跺脚。她大发雷霆的样子很滑稽，突然间，她甩下一句"不许任何人侮辱世界的女王"，就转过身去，走向工作室的门口。她打开门，关了灯，从我的视野里消失了。

　　我这辈子都完了！

我在黑暗中无声地流着泪，想象着妈妈一定会伤心得快要死掉了；想象着李奥和其他伙伴一起在雷欧家正玩得很开心；想象着朱历思舅舅在旅行的时候，不管是搭火车还是乘飞机，从来都不会上江湖骗子的当，去把什么祖传灵药的粉末洒到自己脑袋上。

灵药的粉末?!

一大把雪花将我送进了这里，它们会不会同样是出去的秘诀呢? 不管怎么说，开门和关门用的是同一把钥匙啊。

这是我最后的机会了!

周围仍然一片黑暗。我跪在地上，手脚并用，划拢着我能找得到的所有雪花。威尼斯河岸上，小路的人行道上，我四处摸索和收集着，甚至连窗台都不放过。我不断地撞到墙上，有次还差点掉进运河里。终于，我积攒下

了很多很多银色的粉末，全都堆在桥头。一切就绪，我把手伸到里面，就像当时看见丽贝卡做的那样，将它们大把地撒到我的脑袋上，全心全意地希望这一次能成功……

我从头到脚一阵战栗，心跳得飞快，几乎要晕倒了。我不知究竟发生了什么。

恢复知觉时，我已再次置身于可怕的工作室里，一切正常，恢复自由。我激动得哭了起来，每一滴泪水都包含了重新拥有全世界的幸福。

"你找到了出来的办法，很厉害嘛！你就这么走掉吗，赛姆？咱们可以再多玩一会儿啊！我很喜欢和你一起玩的，平时都没有人和我作伴……"

"世界的女王"坐在花园的秋千上，正吃着一个蛋筒冰激凌。

"多玩一会儿？"我看了她一眼，简直想打她一个耳光，或者把蛋筒冰激凌砸到她脸上，或者两样一起来……但我什么都没做，逃离了那里。

雷欧家的聚会已经散了。李奥正在路边等着我，唯恐我回不来了。

"说说看，发生了什么？你和丽贝卡一起待了这么久，肯定有不少故事可讲吧！"他带点埋怨的口气说。

"倒也没什么！"

"是么？那你们这两个小时都做什么了？"

两个小时？！我在里面关了两个小时……

"我去了趟威尼斯！"我答道。

"别开玩笑啦！"

"是真的，李奥！以后我再慢慢讲给你听……"

"啊哈，好吧……我已经明白啦……威尼斯，不就是传说中的恋人天堂吗？"他坏笑着说。

"没有，才不是呢！"

"那里好玩吗？"

"那里……下雪了！挺讨厌的！"

42

目　录

于贝尔·本·凯蒙

　　于贝尔的书房里有一个雪球，里面正是他家所在的南特市的风景。他仔细地往玻璃球里瞧了又瞧，却看不见任何人被关在里面，无论赛姆还是别人，一个人影也没有。

　　每当提笔写作的时候，于贝尔都喜欢摇一摇这个雪球，这是他唯一能够在自己家里看到雪的机会，因为他家住卢瓦尔河边，离大西洋不远，那里几乎从不下雪。然后，他把雪球放回去，继续工作，写出各种各样的故事。故事里有晴天也有雨天，有沙漠也有城市。这种时候，他会感到自己几乎是世界的国王啊。

托马·埃雷茨曼

　　托马一边给这本书画插图，一边向书房的窗外望去，只见斯特拉斯堡的教堂上落满了雪花。这情景使他获得了灵感，但偶尔也令他恐惧不安。难道他像赛姆一样，也被"世界的女王"困在了玻璃球里？

史文心

　　你喜欢旅行吗？你羡慕那些可以一口气说出自己去过的许多城市、许多国家的人吗？会不会，那执著于收集各种照片的人，反而把自己困在了相机盒中，却没有真正地接触这个世界？或许，这个有趣而惊险的故事隐隐约约向我们说出了一些答案。

©éditions Nathan (Paris−France), 2009

Loi n° 49956 du 16 juillet 1949 sur les publications destinées à la jeunesse

ISBN : 978−2−09−252099−4

N° d'éditeur : 10152477 − Dépot légal : mai 2009

Imprimé en France par Pollina, 85400 Luçon−n°L49938

铜像回家记

[法]于贝尔·本·凯蒙 / 著

[法]托马·埃雷茨曼 / 绘

史文心 / 译

"看起来似乎是青铜做的！"我用手指轻轻弹了几下雕像的腹部。

它约有 60 厘米高，雕刻的是一位留着络腮胡子的老人，头戴朝圣者常用的风帽，遮住了部分面容；身着长长的斗篷，从肩膀一直垂到踝际；脚穿一双便鞋。

"这肯定是有人从教堂里偷走的雕塑！咱们找到宝贝啦！"李奥高兴得跳了起来，"咱俩可以上报纸了，还能把我拍的照片也登上去！多光荣的事儿呀，赛姆！多光荣啊！"

李奥，你高兴得太早啦！这可不是什么普通的雕像……

绿色变形记

图书在版编目(CIP)数据

塞姆:小勇士奇幻事件簿 / (法)凯蒙著;(法)
埃雷茨曼绘;史文心译.—青岛:中国海洋大学出版
社,2011.7

ISBN 978-7-81125-765-6

Ⅰ.①塞… Ⅱ.①凯… ②埃… ③史… Ⅲ.①儿童故
事—作品集—法国—现代 Ⅳ.I565.85

中国版本图书馆 CIP 数据核字(2011)第 154370 号

出版发行	中国海洋大学出版社	
社　　址	青岛市香港东路 23 号	邮政编码　266071
出 版 人	杨立敏	
网　　址	http://www.ouc—press.com	
电子信箱	WJG60@126.com	
订购电话	0532-82032573(传真)	
责任编辑	魏建功	电　　话　0532-85902121
印　　制	山东鸿杰印务有限公司	
版　　次	2011 年 7 月第 1 版	
印　　次	2011 年 8 月第 1 次印刷	
成品尺寸	140 mm × 190 mm	
印　　张	15	
字　　数	146 千字	
定　　价	88.00 元(全套 10 册)	

绿色变形记

[法]于贝尔·本·凯蒙 / 著

[法]托马·埃雷茨曼 / 绘

史文心 / 译

中国海洋大学出版社

·青岛·

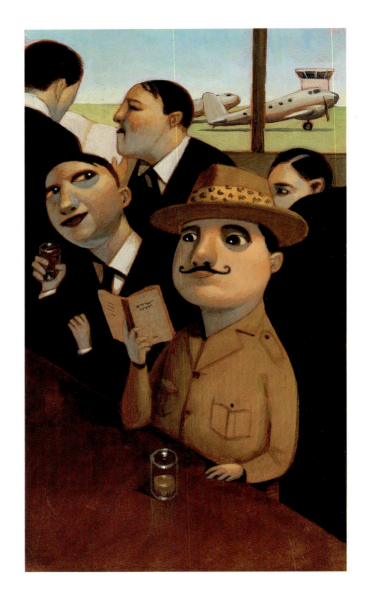

稀罕至极

朱历思舅舅要回来啦！这可是件不得了的大事！

他常年游历全球各地，偶尔寄给我的明信片不是来自蒙古高原尽头，就是写于南美洲南端的火地岛。我们已经一年多不曾见过面了。想不到，他没提前打个招呼，就从天而降。这会儿，他正在本市机场的酒吧里等着他姐姐，也就是我的妈妈，开车来接他回家。

妈妈得知消息后又惊喜又感动,以至于找不到车钥匙放在哪里……当时,我们已经三步并作两步飞奔下楼梯,妈妈一把将我推进车里,然后,她一摸手袋(其实钥匙就好端端的放在手袋里呢)就扯着嗓子大叫:"天哪,赛姆!咱们快回家找找!"等她匆匆忙忙再次下楼时,却忘记了换鞋……就这样,妈妈脚踩一双绿拖鞋去迎接我们的大冒险家,实在不是什么得体的装束……拖鞋上还点缀着恐怖的粉红绒球呢!

"……接着,在阿根廷,我开着一辆破旧得快要报废的吉普车穿越了巴塔哥尼亚①。路上整整用了三个星期。满载种子回到布宜诺斯艾利斯之后,我搭上一

---

① 巴塔哥尼亚地区主要位于阿根廷南部,由广阔的高原和沙漠组成。

班来法国的飞机，就到了你面前啦！"

"你获得了想要的种子没？"妈妈为他续上第三杯咖啡，问道。

"当然，这可不是一般的种子，是鸡冠楸！你不了解，这些种子稀罕得不得了，可以发育成两米高的植株。那些提取植物疫苗来预防传染病的科研人员，对我这批种子特别感兴趣……每一颗都可以卖一大笔钱呢！所以我这次才回到法国来啦。15 天后，我就得动身去马辰[①]，有人在那里等着我哪！"

"马辰是什么地方？"我问道。

朱历思舅舅已经讲了一个小时。他的各种见闻不计其数，就算给我整整两个星期，我也听不够。

①马辰位于印度尼西亚的婆罗洲（即加里曼丹岛）最南端。

“马辰在婆罗洲，是爪哇海的港口城市。我要从那里徒步穿越热带雨林！”

这些地名令我闻所未闻。朱历思舅舅提及这些遥远的地方，就像说起我家对面的马路一样随意。整个世界都是他自由来去的地盘！

“在我约见科研人员之前，你们先把这些种子放在干燥的地方保存起来。”

“该不是什么危险的东西吧？”我妈妈叫了起来。

“不是！只不过需要避光放在阴凉处而已。否则可能会发不了芽。”

朱历思舅舅说完后，关上客厅的灯，从行李里拿出一只浅色的木箱，在暗处打开它，小心地放在我的面前。

"赛姆，你看，这就是鸡冠楸的种子！"

木箱底部排列着 30 来颗深棕色的小种子。我极力说服自己，这些是极为珍贵、极为罕见的东西，可是我不管怎么看，它们都只不过是些灰溜溜的玩意儿，和超市里蔬果区卖的榛子之类的坚果没什么区别。

"那我就把它们托付给你了，赛姆！把小木箱放进冰箱里吧。不许胡闹，听见没？"

当然，我保证不会。至于后来发生的一切，那可真的不怪我。

红脸和绿脸

李奥一条命也没费就顺利通过了丛林，随后换上超音速旱冰鞋，进入了僵尸迷宫。我倒在他身边的地毯上，期盼着他快点死掉，把游戏手柄给我，好让我早些追上他的进度。

今天是周三，李奥下午来我家玩，一方面是因为他的游戏机坏了，另一方面也是因为，"幻域时空"这个游戏要两个人对抗才激烈有趣（除非李奥一直能赢过我）。

终于，在葬满丧尸的地下室，那些爆炸性头骨耗尽了他的血量。轮到我操纵手柄了。

"算了，反正我也坐得腿肚子都抽筋了……"他边起身边对我说，"咱们要不要吃点儿零食？这些僵尸还真是让我胃口大开啊！"

"我得先玩一会儿，都等了好半天了！"

"你允许的话，我想自己去弄一碗燕麦片吃，可以吗？"

"好啊,壁橱里有糖果和饼干,还有很多别的零食呢!每次周三下午,我妈妈留我自己在家,都会提前给我准备10倍的食物!你去厨房挑自己喜欢的吃吧。等你回来,我肯定已经穿过丛林,在僵尸那关和你会合了呢。"

"做梦吧你!"我听见他在走廊里答道。

我才不是做梦呢。等李奥端着一盘零食回到客厅,我已经和僵尸们斗得不可开交了。

"你的这种糖果真好吃啊。是甘草口味的?"

"喂,妈妈往壁橱里塞了那么多零食,我哪能每样都记住!"

我正忙着对付墓碑舰队的攻击,没

心思搭理他。

"不是壁橱里。这种糖是我在冰箱里找到的。嚼起来有点硌牙，不过味道还挺特别的。"

"冰箱里？"我大叫一声，扔掉手柄。

李奥笑眯眯地指给我看：在我们之间的地面上放着一只敞开的木盒，里面正是鸡冠楸的种子。

"你把这个给吃了？！"我继续叫着，嗓门和"幻域时空"里的英雄一样大。

"只吃了两三颗而已啊！你别叫了，还给你留了好多呢！你去镜子前面照一照，赛姆！你整张脸都气红了！"

脸都气红了？当然，这可是很严重的事情！

而在我对面的李奥，这个和我一起对打游戏，一起分享秘密①的好朋友，脸色正变得越来越绿，那种绿色离奇又可怕。

---

①请看同一作者的《麦片盒里的水怪》。

三

生根发芽

才不到半个小时，李奥的脸、手和胳膊都成了草绿色。他的脖子则变作了深绿色。

"我的天哪，赛姆，我这是怎么了?!"他尖声叫了起来。

"我也不知道! 你吃了几颗?"

"五六颗吧……那些难道不是甘草糖么?"

"其实不是……"

"赛姆,快做点什么啊!"李奥嚎叫着。

"你先冷静一下,脱了衬衫,让我看看情况。"我呆呆地说。

其实,我也不知道要怎么办。

我本来预料李奥会全身发绿,但结果比我想象得还要可怕。他的上身变成了褐色,并不是树叶的颜色,而是生出了很多棕色的小鳞片。李奥又脱下裤子,他的腿也一样,被棕色的薄皮覆盖着。

"你千万别动,我这就给医院打电话!"

我瞎指挥一气。

"可是,那个盒子里到底是什么东西啊?"

"是我舅舅从南美带来的种子!李奥,你正在发芽!"

"你说什么?!!!"

他吓得浑身发抖。

我不敢再重复一遍,他显然已经听得清清楚楚。他站在我面前,好像被"种"在了客厅里,一双大眼睛可怜巴巴地盯着我,惊恐无比。他仍然很像平常的李奥,但他确实已经不是他了。我怎能忍心讲出口,连我都会被他这幅样子吓到呢?

"你疼吗?"我问他。

"不,一点也不疼,可是我从没像现在这么害怕过……而且我特别特别渴!"

"你想来点橙汁吗?"

"不,我想喝清水!给我拿一大瓶水吧!"

我离开他,跑去厨房的储藏室拿

瓶装水。回来的时候,我看见李奥正贴在客厅的窗玻璃上晒太阳。他朝我转过身来,头发里竟然长出了叶子!一共有三片,都很幼小,边缘像枫叶一样生着锯齿。我想,他大概还不知道自己的这一变化呢。

李奥拒绝了我递给他的杯子,干脆用翠绿的手臂抱住瓶子,几秒钟就把一大瓶水喝得一干二净。

"麻烦你再给我来一瓶!"

就这样,李奥喝完了我家储藏室的所有矿泉水(整整8升水!)。现在,他的头发已经完全被叶片覆盖了。一小段树枝正从他脖颈后面爬上来,沿着脑袋攀援了10余厘米。

"我真的必须要打电话叫医院了!"我说。

"当然。我要再去太阳底下待一会儿，晒得我好舒服啊！"

我冲进妈妈的卧室，在她的电话号码簿上找到了救护车的电话。可是，我一连拨了 10 次，这个号码都始终占线，只能听到电话里的自动回复，要我耐心等待后再重拨。我感觉像是掉进了无边的噩梦。

最后，我的结论是，我们自己想办法直接去医院，反而是更快的方式。

一回到客厅，我就忍不住大叫一声。李奥该去的地方也许不是医院……而是城市绿化服务中心！在阳台密封玻璃前站着的俨然是一棵树，10来条树枝往多个方向延伸着。只见这棵树朝我转过身来，哭着说：

"你想好了吗？"

"呃……他们不相信我说的话，所以咱们还是直接去吧！"我撒了个谎。

这时，我突然看见了他的树根。它们从他的袜子里冒了出来，在地板上盘根错节地生长着，还在妈妈钟爱的中国地毯上钻出了两个大洞。当然，地毯的情况已经不是我们头疼的首要原因了……

四

游行花车

在自行车后座上带盆栽植物，这活儿很考验技术……要是骑车带人的话呢，光是重量就足够累人的了……现在可好，我在后座带的是一个变形成植物的李奥，真是双倍的壮举啊！

我用了很多松紧带，尽力把他捆在座位上。他的根须四处伸展，我不得不把它们小心地折起来，免得卷进车轮的辐条或者链条里去。

"住手，赛姆，你弄得我好痒痒啊！别这样，你会伤到我的细根的！"李奥喊道。

幸运的是，他虽然发生了变形，但身体还是保留了一些柔韧度。

"你猜我有什么感受，赛姆？"他用手臂（准确地说是树枝）缠住我不放。

"你很害怕！我知道了啦！"

"作为一个男生来说，我当然会害怕！不过呢，作为一棵树，我觉得自己又高大又强壮，这种感觉是以前没有过的呢！"

不得不说，这话让我有点吃惊。我奋力骑着车，过了好一会儿才作出反应，却只是简单地回答：

"你心情愉快，觉得自己高大强壮，

那当然好。但别忘了,蹬车的是我!"

　　我们朝着医院一路骑去。他用枝叶围拢着我的脖子,不时挡住我的视线。我的自行车简直成了狂欢节的游行花车。路上的行人见了我们,都驻足议论,以为是自己花了眼。而我只能勉勉强强地前进着。

　　要到医院去,必须穿过萨波河。要先在这河岸骑一段下坡,过了桥,再上一大段陡坡。

　　"好一阵舒服的小凉风啊!我的每根叶脉都能感到风的气息!"加速下坡时,李奥在后座赞叹着。

　　"你就好好享受吧!过了河就没有这么舒服了。你抓紧点儿哦,我很快就要冲上山坡了!"

　　"别啊,赛姆,我想到河水里去泡一

会儿树根！我还渴着呢！咱们停一会儿吧！"

反正我也累得没力气上坡了。

我把李奥从后座解下来，把他领到河岸边。他的情形更严重了:现在,他的树干颜色更深,树皮更厚,树冠的枝叶也更加茂盛了。只剩一张脸庞从两根主枝之间露出来。令我惊讶的是,他的表情看起来如此安详。他把根须浸入河水,任其随波摆动,然后长长地出了一口气:

"太过瘾了,我都渴了好半天啦！"

"你可别把整个萨波河都喝干了,那我就载不动你了……"

"说真的,虽然我很希望医生们能把我恢复原形,但不得不承认,就这么成为一棵树也是很愉快的事情。比如说,我能感觉得到,马上就快下雨了！"

"我可不信,天空里一朵云彩也没有呢!恐怕咱们挨不到风吹雨淋,倒是会挨一顿狠狠的批评吧!"

"谁的批评?是你妈妈批评我们弄坏地毯,还是你舅舅批评我们把种子放在客厅啊?"

"天哪,我忘记把种子放回冰箱了!"

我想象着妈妈的反应。到时候,她看见家里的客厅变成了一片亚马逊雨林,也许会心脏病发作,跌倒在地的。

"李奥,我必须立刻回去把种子放好,希望现在还来得及!我快去快回!"

"没问题,我在河岸上待着很舒服的!简直让我想扎根在这儿了……"

我跨上自行车时,看到一只画眉鸟栖在他右侧的树枝上。然后,我用尽力气骑上河岸,赶回家去。

这速度打破了我的个人记录。

失而复得

"这不可能！太不可思议了！"

朱历思舅舅跪在客厅的地毯上，直直地盯住那盒打开的鸡冠楸的种子。这里仍然是客厅，不是雨林。我的视野中也没有任何植物生长的迹象，只能看见舅舅一个人在不停地自言自语：

"太不可思议了！实在无法想象！"

"舅舅，对不起。我想向您解释一下
……"

他听见我的声音，猛地转过身来，眼
中含着泪水。

"这是我们不小心犯的错误……当
时，我和好朋友李奥在一起，然后……"

"你明白发生了什么吗？"他直接打
断了我的话。

"我明白发生的灾难。而且，我也不
该把李奥独自留在萨波河边。"

"灾难?！你快来看看，这些鸡冠楸的
种子竟然自己发芽了！"

木盒里的每颗种子都裂了条缝，从
里面伸出根小绿芽来。它们细细的，弯弯
的，像逗号一样，有两个厘米长。我仔细
看了看，发现是李奥把橙汁打翻在种子
上面了。

"我知道，这是非常严重的事情
……"我只能道歉。

"严重？你是在开玩笑么，这是个奇迹！它们居然自己发了芽！实在太迅速、太令人骄傲了！"

"难道是因为……那杯橙汁？"我小声地说，不敢确信。

我还以为朱历思舅舅会大发雷霆，可现在，他高兴得跳了起来。我一点也不明白这是怎么回事。

"鸡冠楸是一个快要灭绝的物种。现在，全世界也只有 10 来株存活啦。你想想看，我们的整盒种子都成功发了芽，这是多大一笔财富啊，赛姆！"

"舅舅，我知道有一棵生长得很茁壮的鸡冠楸……您不用等很多年，也不用横渡大西洋，就可以看见它……只要五六分钟就够了，就在萨波河边。"

于是，舅舅驱车前往河岸，我在路上向他讲述了整件事情。

那棵树还在原来的地方……但是，李奥不见了！

鸡冠楸似乎已经停止了生长。画眉鸟正呼朋引伴，在树枝上筑巢。

"太棒了！"舅舅不断赞叹道。

"李奥！李奥！"我徒劳地叫喊着。

李奥长成一棵树的形状，确实很糟糕……然而，从树枝间消失了李奥，才是让我彻底慌乱的事情。我继续喊着他的名字，绝望地想象着，我的好朋友已经被这树干，这两条主枝和无数的枝叶吞噬了。

"他死了！"我哭了起来。

"才没有呢！它非常茂盛，我从来没见过哪棵鸡冠楸像它这样健壮！"朱历思舅舅爱惜地抚摸着树皮。

"我说的是李奥！"

我气愤地拾起几块石头，奋力往树干上砸去。我恨这棵讨厌的鸡冠楸。

"傻孩子，住手！"朱历思喊道。

"啊哟，好疼啊！（在我听来，似乎是树在呻吟。）赛姆，你别光顾着扔石头，还是想个办法让我出来吧！"

"李奥，是你?！"

朱历思舅舅和我目瞪口呆。

"我不知是怎么回事，可是，这棵树突然从我身上分离出来了。现在，它的树干是空心的，把我关在里面啦。我都快要窒息了！"

"咱们得剖开树皮！"我朝朱历思舅舅喊道。

"你疯了吗？这可是全世界最罕见的树！"

"一个朋友,比一整片鸡冠楸树林还要珍贵!"

我冲向汽车,从后车厢里取出妈妈的工具箱,用一只大号螺丝刀在树皮上笔直地划开了一条口子。

"你慢点儿,弄得我很痒!"李奥在里面说。

直到树上的裂口里露出了李奥的嘴巴,朱历思舅舅才愿意动手帮忙。我们足足弄了半个小时,才挖出一个能让李奥钻出来的通道。他从树干里出来时,浑身光溜溜的,把内裤和袜子都留在了鸡冠楸里面。

就这样,我们又重逢了。我感觉他像是去了很远很远的地方,刚刚从旅途归来。他面向树干站着,久久地抚摸着树皮上那道裂口。

"你别怕,以后这儿会愈合的!你是很壮实的呀!而且,我会和赛姆一起好好照顾你的!"

"你可以信任我们!"我不由自主地接口说道。

"天哪,我感觉快要下雨了!"李奥这才转过身来,仿佛刚刚觉察我和朱历思舅舅的存在一样。

果然,不一会儿,骤雨就来临了。

舅舅把那些种子卖掉之后,神情很是满意。他又一次踏上了征程,答应我妈妈在叙利亚稍作停留,买一条更漂亮的新地毯寄给她。

在我们这儿,鸡冠楸静静地在萨波

河岸生长着。李奥和我经常去它的绿荫下玩耍。自从有了它，我们的小城也出了名，世界各地的学者们都来这里，从各个角度对它进行研究，游客们倚在它的树干上，一张接一张地合影。

树干上的口子早已完全愈合，但李奥还是能够指出它原先的准确位置。有时，他默默地望着鸡冠楸不说话，我也会知趣地走开，给他们独处的时间。他们成了死党，经常"交流"一些我不知道的秘密。而且，在这次经历之后，李奥的右手心上出现了一块奇怪的绿色"胎记"，不管怎么刷、怎么洗，都抹不掉。那印痕正是一片鸡冠楸树叶的形状。

"我很珍惜它的！"他经常摊开手心给我看。

我完全理解。

另外，每当听到他说"咱们回家吧，乌云很快就飘过来了"，我都深信不疑，连抬头看一眼天空都不必。

目 录

45

于贝尔·本·凯蒙

于贝尔的根脉从北非开始生发，穿越地中海，一直延伸到卢瓦尔河边的南特市。为了生长，于贝尔需要不同城市的土壤，来开放出五颜六色的故事之花。当他不写书及不写话剧、广播剧和电视剧的剧本时，他也会在自家花园的树荫下睡个午觉，冥想一番。

托马·埃雷茨曼

弗朗索瓦很想在客厅里埋下几棵鸡冠楸的种子，试试看那里会不会诞生一片雨林。可惜，在得到这些种子之前，他只能对着自己那株多年来始终瘦小无比的榕树发愁，因为他实在不是个好园丁。

史文心

仅仅在我国，就有不少珍稀的树种面临着灭绝的危险。比如，成熟种子很少的华盖木，果实稀少而又难以嫁接的绒毛皂荚，它们自身繁殖能力不足，生存环境又受到了人为干扰，因此都仅存几株，濒临绝种。在普陀岛佛顶山上，还有一株叫做普陀鹅耳枥的植物，由于植被破坏和环境恶化，全世界仅存此一株，比赛姆的鸡冠楸还要宝贵！——对了，忘记告诉你，"鸡冠楸"只是书中虚构出来的植物名字哦！

©éditions Nathan/HER (Paris–France), 2001, pour la première édition
©éditions Nathan (Paris–France), 2005, pour la présente édition
Loi n°49956 du 16 juillet 1949 sur les publications destinées à la jeunesse
ISBN : 978–2–09–250705–6
N°éditeur : 10166652 – Dépôt légal : avril 2010
Imprimé en France par Pollina – L52938

趣味开启阅读·塞姆系列图书

测泉叉的秘密

[法]于贝尔·本·凯蒙 / 著

[法]托马·埃雷茨曼 / 绘

史文心 / 译

　　"笨蛋,不是这样用的！应该用双手握住它的两个小枝桠，只要 Y 形的末端开始颤动,就意味着地下有水源。"

　　我按照他的指导，一本正经地重新来过，还试着自我暗示,让自己相信手里仿佛有东西在颤动。果然：

　　"已经隐约有抖抖的感觉了……"

　　"拜托,你脚下还铺着厨房的瓷砖呢！隔着瓷砖都能感觉得到,难道你比我爷爷还厉害么！"

　　"李奥,我好像真的感觉到了！"

　　赛姆到底有没有感知水源的灵力呢？可别惹出什么乱子来啊！

丛林惊魂记

图书在版编目（CIP）数据

塞姆：小勇士奇幻事件簿 / （法）凯蒙著；（法）埃雷茨曼绘；史文心译.—青岛：中国海洋大学出版社，2011.7

ISBN 978-7-81125-765-6

Ⅰ.①塞… Ⅱ.①凯… ②埃… ③史… Ⅲ.①儿童故事—作品集—法国—现代 Ⅳ.I565.85

中国版本图书馆 CIP 数据核字（2011）第 154370 号

出版发行	中国海洋大学出版社
社　　址	青岛市香港东路 23 号　　邮政编码　266071
出 版 人	杨立敏
网　　址	http://www.ouc-press.com
电子信箱	WJG60@126.com
订购电话	0532-82032573（传真）
责任编辑	魏建功　　　　　　电　　话　0532-85902121
印　　制	山东鸿杰印务有限公司
版　　次	2011 年 7 月第 1 版
印　　次	2011 年 8 月第 1 次印刷
成品尺寸	140 mm × 190 mm
印　　张	15
字　　数	146 千字
定　　价	88.00 元（全套 10 册）

丛林惊魂记

[法]于贝尔·本·凯蒙 / 著

[法]托马·埃雷茨曼 / 绘

史文心 / 译

中国海洋大学出版社

·青岛·

朱历思归来

朱历思舅舅是我们家的稀客。他的每次到访对我来说都是神奇的时刻。舅舅是个探险家，多年以来，他的足迹踏遍了世界的每个角落。他去全球各地搜寻不为人知的花花草草，然后把它们的根部标本或者几颗种子塞进背包带回法国。在妈妈看来，那是些没用的玩意儿，不如直接丢进垃圾箱；可是大学者们却把它们当宝贝，争相高价购买。每次朱历思舅舅把他的背包往我们家一放，就开始给我讲各种有趣的故事，什么丛林历险啦，穿越沙漠啦，可比电视节目和电脑游戏精彩多了。

"就这样，我在原始森林里走了六天六夜。指南针也丢了，只能靠自己辨别方向。我决定沿着一条小溪前进，相信它会在某处汇入更大的河流。终于，第七天，我到达了一个荒废的村庄，发现了一条小路。终于有条像样的路了！所有人都知道，只要沿着路，就可以走到更大的城镇，总有一天也就可以回到我亲爱的外甥身边啦！"朱历思舅舅笑眯眯地用老树皮一样的手摸了摸我乱蓬蓬的头发。

我多么希望客厅的钟摆可以和时间

一起停住，让舅舅就这样没完没了地讲下去啊。我愿意一整夜都屏住呼吸，听他讲

这次在亚马逊丛林里九死一生的经历。唉！可是妈妈又开始唠叨了，她每天晚上都会说一遍完全一样的话：

"赛姆，睡觉的时间到了啊，明天还上课呢！"

"再等一会儿好吗，妈妈？"我试图讨价还价。

"你舅舅要在咱们家住一个多星期呢！"妈妈该不会以为，舅舅住得久了，我就会失去新鲜感吧。

　　"对了,赛姆,我差点忘了最重要的事啦! 这次我从巴西的雨林给你带了件小礼物。"说着,朱历思舅舅快步走到客厅的角落,打开了一件很大的行李。

　　过了会儿,他站起身来,手里拿着一根粗糙的皮绳。上面穿了颗青绿色的石头珠子,散发着罕见的光芒。

"亚马逊雨林的印第安部族把这种项链叫做'喀昂'。每当有人外出打猎的时候，就会在上面抹些泥土，然后戴在脖子上。据说，这可以让他们和大地、天空、河流，同整个大自然和谐沟通。我不知道这种珠子有什么来历，但是部落里传说，正是这些珠子使得他们成为大森林的主人，保佑他们平安无事。赛姆，我可以保证，在亚马逊雨林之外，你是全世界唯一拥有这样一件宝贝的人！"朱历思舅舅用严肃的语气对我说。

　　我接过这件舅舅从印第安人那里偷来的礼物，说了句谢谢。但是说实话，我心里有点儿不是滋味。我多希望舅舅从地球的另一端带回来的是一副弓箭、一支打猎用的弹丸吹管，或是一把弹弓，哪怕是旧的也不要紧！因为在我看来，这种青绿色的珠子似乎比较适合送给小姑娘家，而我可是个梦想着冒险的小伙子呀。

于是，我把"喀昂"随手塞进了口袋，并不知道自己犯下了多大的错误。

二

两棵苹果树？

"你看见了没？"

"还没。不过它应该就在附近。花园虽然不大，草却长得很茂密。依我看，你的球应该滚到草丛深处去了。最好还是进去找找。"

我脚踩李奥的肩膀，手扒着这堵老墙，努力保持着平衡。墙那边是河畔房屋后的荒园。

"快点，虽说你不胖，但是过了这么半

13

天，我也快累死了！我这就松手了啊！"李奥大口喘着气。

"我干脆翻到园子里去给你把球捡回来吧！这园子很小！"

毕竟都怪我踢得太用力，球飞得太高，才会找不见的。所以，只有我亲自跳到园子里把球找回来才行。这可是李奥的新足球，他是专门拿到萨波岸边，来和我分享第一天踢新球的喜悦的啊。

我费了很大力气沿墙爬上去,骑跨在墙头上。代价是裤子上被狠狠地划了一道口子。

"你一会儿怎么从那边爬上来呢?"李奥在离我两米远的下方揉着肩膀问。

"墙的内侧毁得很厉害,应该有可以攀爬的凹坑。从那边翻回来不是什么难事!我跳了啊!"

"还是要当心点儿啊!"着地时,我听见李奥在外面说。

哪里有什么值得当心的啊?李奥这会儿的担忧比平时还要可笑。这个园子里只有两棵可怜的苹果树,在野黑莓荆棘枝条的缠绕下,根本得不到生长的空间。我只要稍作找寻,就可以很容易地从草丛间找出足球还给李奥。

"你看见球了没？找到了吗？"墙那边传来了不耐烦的声音。

　　"再给我两分钟，还没开始找呢！"我正艰难地在并不比我矮多少的杂草之中摸索落脚的地方，还得小心避开一辆年久失修的割草机的刀锋。

　　我用目光扫了一遍园子。

　　前面十几米远的地方，有一座砖房的废墟。左手边的竹篱下是萨波河的支流，而右侧是园子的围墙。

　　"好了没？你是不是找到了？"李奥又叫唤起来。

　　"再等下，球应该就在我附近呢……"

　　不过，这任务可是比我先前想象得艰难多了。虽然黑白相间的足球很醒目，但要在这片微型森林里找到它，确实不太容易。

　　我一步一步地仔细搜索着地面,笔直地向前走去。到处都是尖锐的荆棘,身边还有各种昆虫在低声鸣叫,吓得我不敢正眼看它们。不由自主地,我把右手伸进兜里,想摸摸两天前舅舅送给我的那块青绿色的石头。毕竟在这块小小的土地上,我觉得自己已经几乎是一个亚马逊猎人了。只是,"喀昂"似乎不见了。恐怕是踢球的时候,从口袋里掉到别处去了。

"赛姆,怎么样了？喂！赛姆？"

我吓了一跳，不是因为李奥的呼唤，而是因为他的声音听起来离我非常遥远。可我只不过从围墙往前走了十几步而已啊！至少我自己感觉是这样……我转过身,开始往回走。但是,我刚刚才翻过的那堵墙,此刻距离我有五六十米远！我紧张起来,浑身发抖,慌张地向四面望去。园子里突然间不再是两棵苹果树了,而是足有十几棵苹果树,全都被野黑莓的荆棘所缠绕着！

三

巨大的丛林！

我承认自己对高度、距离和面积这一类事物的判断不太有天赋，但也绝不至于失误到这个地步！

没办法，为了自我安慰，我试图说服自己其实我走得比我以为的快得多，还有，园子从高墙上看自然显得比实际要小一些，并且我不小心数错了苹果树的数目……但我内心还是无法相信事情有这么简单。

房子的废墟看起来离我有 100 多米远，隐隐约约地看不太清楚。而我身边的植物则比刚才整整高了一倍，也密了一倍。

难道我产生了幻觉？

连灌木的尖刺都比刚才更为锋利了。

我身后的草丛中有一条来时踩出的小路通向墙边。我真应该沿路回去的，可惜，这时，我又一次自作聪明了。

从很远很远的地方传来了李奥的新一轮呼叫：

"赛姆，你在搞什么啊？赛姆？你能听见吗？"

我这才想起，自己居然把帮他找球的事情给忘在脑后了！正要再次开始找球，我突然看见自己的球鞋边十几厘米的地方，有一只狼蛛正在爬过来！这邪恶的虫子足足有一只点心碟子那么大，浑身生满了浓密的长毛。它停在那里，研究着我拖在地上的鞋带的一端。我飞快地跑开，并用尽全部的力气大叫起来。天哪，这种动物是绝不会出现在我们这个地区的，除非是在自然历史博物馆里陈列的标本！但即便如此，我仍然不敢相信发生的事情。

跑了好久，我第一次停下来喘口气，浑身是汗。彻底迷路的无助感，让我幻觉周围有 100 万双充满敌意的眼睛窥伺着我。才休息了一小会儿，我就再次开始了奔跑，因为地上有一群像蝗虫般大的红蚂蚁正朝我涌来。

我曾经梦见自己这样奔跑过，那是在深夜的噩梦里。而现在，我醒着，天色是明亮的下午。野草狠狠地抽打我的胳膊和双腿，春天的太阳微笑着，真切地刺痛着我的头皮。在这个长满荆棘的地狱中，只有它还笑得出来。

当我一次次停止狂奔的脚步，当我一次次地转过身……我仍然不知自己身在哪里……

25

我试着寻找那座废弃的房子，找萨波河岸边高高的竹篱笆，还有园子的围墙……一切都消失了。我四周只有笔直生长着的野草，巨大的蕨类植物和浓密的荆棘丛，它们高大到了可怕的地步。

　　"李奥！李奥，你在哪儿啊？李奥！！！"

　　我用尽自己最后一丝力气喊叫着。就算离他再远，我也可以顺着他的声音找到回去的方向。然而，只有风扫过灌木的声音在耳边嘲笑着我。

　　我又想起了朱历思舅舅在丛林中历险的故事。沿着水流走,就能找到出去的路。但是,我根本就看不到萨波河的那条支流在哪里,甚至不确定它还在不在这个园子里的某处……我恐慌到了极点,决定先按照太阳的位置辨别出我所在的方位。刚才爬到墙头的时候,太阳刚好晒在我的背上。只要我沿着太阳的方向走,说不定就能找到李奥了。还是有希望的……

我身上的衣服被划破了许多道口子。昆虫每一声恐怖的鸣叫都让我害怕。想到它们正藏在我身边的某片叶子下,我更加毛骨悚然,只能勉强走下去。过了很长时间,我似乎感觉有人在窥探我,跟踪我,甚至也许是追捕我……每当植物间稍有空隙,或者路面略微平坦的时候,我就赶紧加快脚步。

就这样,我一直走了很久。人们害怕怪兽,害怕幽灵,害怕死亡,都是很自然的事情,害怕被痛打一顿也是很正常的,但是,害怕一个花园?回去之后,我就算是对最好的朋友也解释不清啊!

"李奥?!"

果然,在窥伺我的不只是那些昆虫——

大概是又迷路又焦急的缘故,直到这时我才看见,有个猎人突然出现在树丛间。

一支箭从我耳边两厘米的地方"嗖"的飞了过去。它居然没有射穿我的脑袋，真是个奇迹！

我拔腿就跑。

只有9月份狩猎季开始时的野兔才会理解，我此刻还有力气飞快地跑下去，完全是出于恐惧！

四

在围墙脚下

我朝着太阳的方向继续奔跑着,这时,猎人射出了第二支箭,划破了我毛衣的袖子。

我转过身去看了看。那可不是一般的猎人!

他全身赤裸,只有胯间垂下一条缠腰布,简直像从亚马逊森林里出来的。他身材矮小，几乎不比我高，皮肤是古铜色的。他从容地在我身后走动着，地上交织着的植被和尖锐的荆棘似乎对他构不成任何障碍。我又一次飞奔起来，试图摆脱他。但不过是白费力气。只要他再射出一支箭，就绝不可能失手。

"李奥！！！ 李奥！！！"我为了给自己打气，叫了几百遍李奥的名字，希望他可以给我一点回应，为我指出方向。

　　这努力也是白搭。

　　我心里飞快地浮现出关于这个魔咒花园的各种疑惑，速度丝毫不慢于双脚的奔跑。这个追逐我的猎人究竟想要什么？他是不是要来拿回舅舅从他那里偷走的"喀昂"？我完全不知道答案。最重要的是，那个青绿色石头已经被我弄丢了，怎么还给他呢？怎样才能让他不要再像狩猎一样对我紧追不舍？

　　如果我可以跑到墙边——要是那面墙仍然存在的话——又要怎么翻越回去呢？这个土著人只用我翻墙的十分之一的时间就足以射穿我。而且，那面墙会不会像这个魔咒花园一样，发生了巨大的变形呢？

果真如此的话,墙一定有300米高了。我只不过是赛姆,一个普普通通的男孩,我只是来捡回伙伴的足球的,又不是一名专业的攀岩选手!

　　何况,我也不是长跑运动员啊!

　　我感觉心脏都快从胸腔里跳出来了,恨不得就这样放弃逃脱的努力。这片几平方米大小的地方已然变成了无比巨大的空间,就算我长有10个肺,也不够支持我跑到边缘,脱身出去的。

　　就在这时,我远远望见了那堵墙,就在100米开外的地方。它没有像我害怕的那样变成高耸的围墙,而且,李奥竟然站在墙脚下!他翻墙来找我,和我在这片地狱般的园子里会合了!

　　"你在干什么呢?这里面可真够大的,哪里像个花园啊。"他说这话的时候,我正朝他狂跑过去。"你没找到么?我的球呢?

该不会是弄丢了吧？”

　　“李奥！我那块石头找不到了，就是之前给你看过的那块！这是一场真正的灾难！”我向他大喊着。

　　“喂，难道把我的球弄丢了就不是灾难么？你知道，那种球很贵的！而且，我刚才都等你好半天了！”

"李奥，只要不找到那个项链，咱们这辈子都别想再踢球了，也什么都别想干了！！！让你等那么久，是因为过不了一会儿，就会……"

　　"这个家伙是谁？是花园的主人么？"他打断我说。

　　那个猎人刚从一片灌木丛中钻出来。他站了一会儿，用阴沉的目光打量着我们。然后，从背上挂着的箭袋里抽出一支箭，搭在弦上。

我们没有时间翻墙了。他完全可以在一会儿工夫里把我们两个都射中。

"一定要找到'喀昂'！"

大概是被那支搭在弦上的箭吓昏了头，李奥糊里糊涂地摊开了手掌：

"你，你说的'喀昂'，是这个玩意么？"他结结巴巴地说，"刚才我在墙脚下拾到的……可能是你跳到这边地面上的时候，把它给掉出来了……可是，赛姆，这个人到底是谁啊？"

我一把从他的掌心夺过那颗青绿色的石头。就在这一刻，印第安人松开了他拉着弦的手指。我把"喀昂"用力地扔向30米开外，那个矮小猎人站着的位置。石头和皮绳一起在空中飞过，像弹弓一样打着转儿，而那支箭正朝我猛冲而来，要取我的命。我根本来不及俯下身子躲开它……我的心脏在胸腔里跳动不已，仿佛那支箭已经穿透了它一样。

大概有一两秒钟的时间，我以为自己已经死了，心里最后的念头是，我没有找到李奥的球，还有，朱历思舅舅真不该从亚马逊雨林里偷出这个项链给我的，还有，妈妈一定会伤心欲绝的……然而这时，我却清楚地看到"喀昂"突然改变了飞行的方向，转而追上了那支迎面飞来的箭。

土著猎人有弓箭，所以我以为自己输定了，却没有意识到我也有一件防身的武器。皮绳连同石头一起缠绕在箭杆上，试图止住那支箭，让它不要射中我。它们之间展开了不可思议的激烈较量。仿佛项链是一位驯兽师，正在制服一匹不顾一切要达到目标的野马。

在它们将要碰到我的那一刻，"喀昂"成功地使箭直挺挺地插进了地面。它们立在地上，互相缠绕着，就在我鞋边不到 30 厘米的位置……

　　"这个奇怪的东西是什么啊？"李奥在我身边喃喃地说。

　　我没有回答他，而是弯下腰，把皮绳

从箭杆上解了下来。然后,我在魔咒花园里走了几步,又一次把项链往猎人的方向扔去。

　　他跃起身来,一把接住。把它戴在脖子上之后,他似乎满意了,连个招呼也不打,就转过身去,消失在如同参天大树一般的蕨类植物和灌木丛之间。

不到几秒钟,所有高大的草木和荆棘都消失了……花园变得和我最初看见它的时候一模一样。左边流淌着萨波河水,蜿蜒地穿过竹林——突然之间,竹子显得这样矮小。在我面前10米远的地方,仍然是那个房屋的废墟。就在三步开外,一小片薰衣草丛下面,蜷伏着李奥的足球。

"你必须给我解释清楚,这是怎么一回事!"他一边弯腰捡起球,一边命令道。

"我没什么可辩解的!倒是我舅舅朱历思该反省一下。那颗石头是保护猎人不在自然中受到伤害的护身符,属于亚马逊雨林的土著人,不属于我们!"我回答道,同时深深地感到那块石头的确不该是我的。"咱们回去吧,你先翻!"我指着墙对他说道。

在开始爬墙之前，我转过身，最后打量了一下这个我永远不想回来的花园，不由自主地用目光搜寻着那个古铜肤色的身影。如同我想象的一样，那里已经空无一人。于是，我放心了。

他回到了丛林，回到了原来的地方，同他珍贵的宝贝一起。

目　录

一

45

于贝尔·本·凯蒙

　　于贝尔家的花园可没有赛姆迷路的园子那么巨大……在南特市，卢瓦尔河畔不远的位置，于贝尔也在打理着自己的花园，尽量让它不要像个丛林似的杂乱无章。不过，有的时候，他做不到一边给园子里的植物松土、施肥、拔草、修枝剪叶……一边写作赛姆和李奥的经历，以及别的许多故事。实在无法兼顾的时候，于贝尔只好选择了他热爱的写书，这样一来，不仅他的读者很高兴，他园子里的野草们也感到非常欣慰！

托马·埃雷茨曼

　　他于 1974 年生于米卢斯，几乎一生下来就爱上了连环画。不过，直到他从斯特拉斯堡装饰艺术学校毕业之后，他才终于在 2000 年于戴乐古（Delcourt）出版社出版了自己的第一本个人作品集。与此同时，他也从事插画家的工作。到了今天，他自己也说不好，连环画和插画，他究竟更爱哪一样……

史文心

　　从南美、亚洲到非洲，神秘的原始部落始终吸引着一代代人类学家的探险。然而，最大限度地满足现代人的好奇心，和最小限度地打扰他们的生活，其间是一个难以达到的平衡。赛姆的故事告诉我们，如果要作出取舍的话，我们应该选择尊重，去做安静而礼貌的旁观者。也许，那些看到异族人就举起相机，用长焦镜头和闪光灯去搅得他们不得安宁的摄影师叔叔，也应该读读这个故事。

©éditions Nathan (Paris–France), 2006 pour la première édition
©éditions Nathan (Paris–France), 2009 pour la présente édition
Loi n°49956 du 16 juillet 1949 sur les publications destinées à la jeunesse
ISBN : 978–2–09–252468–8
N°éditeur : 10157666 – Dépot légal: mars 2009
Imprimé en France par Pollina, 85400 Luçon–n°L49526

雪球逃生记

[法]于贝尔·本·凯蒙 / 著

[法]托马·埃雷茨曼 / 绘

史文心 / 译

　　她握起拳头，咬紧下巴，气愤的表情像是个奇怪的鬼脸。她尽量控制住自己不要发火，只说了一句：

　　"我不允许你说我胡说八道！"

　　"好好好，你说的都是真事儿，行了吧？你奶奶是不是还在月球上滑过旱冰啊？"

　　我的话引起了哄堂大笑。丽贝卡站起身，我以为她要来扇我一个耳光，没想到，她只是轻蔑地笑了一下，对我宣布：

　　"那好啊，赛姆，我请你——现在——就去我家！好让你亲眼看看！"

　　从这天起，赛姆不敢再随意反驳女孩子说的话了。

影子的惩罚

图书在版编目（CIP）数据

塞姆：小勇士奇幻事件簿 /（法）凯蒙著;（法）
埃雷茨曼绘;史文心译.—青岛:中国海洋大学出版
社,2011.7

ISBN 978-7-81125-765-6

Ⅰ.①塞… Ⅱ.①凯… ②埃… ③史… Ⅲ.①儿童故
事—作品集—法国—现代 Ⅳ.I565.85

中国版本图书馆 CIP 数据核字（2011）第 154370 号

出版发行　中国海洋大学出版社
社　　址　青岛市香港东路 23 号　　邮政编码　266071
出 版 人　杨立敏
网　　址　http://www.ouc－press.com
电子信箱　WJG60@126.com
订购电话　0532-82032573（传真）
责任编辑　魏建功　　　　　　　电　　话　0532-85902121
印　　制　山东鸿杰印务有限公司
版　　次　2011 年 7 月第 1 版
印　　次　2011 年 8 月第 1 次印刷
成品尺寸　140 mm × 190 mm
印　　张　15
字　　数　146 千字
定　　价　88.00 元（全套 10 册）

影子的惩罚

[法]于贝尔·本·凯蒙 / 著

[法]托马·埃雷茨曼 / 绘

史文心 / 译

中国海洋大学出版社

·青岛·

一

烈日之下

"讨厌,门是关着的! 赛姆,你可别告诉我,咱们千辛万苦来到这里,都是白费工夫!"

李奥跨在自行车上,一边说,一边指了指缠满刺网的铁栅大门;他的脸上还淌着道道热汗。

"门当然是关着的,这个工厂荒废了很多年了。难道你以为,咱们到了地方,推开门,逍遥自在地走进去就行了？哥们儿，这里可是严禁进入的！咱们又不是参加学校出游，是探险远征！"

"赛姆，这么热的天，早知道就去萨波河里游泳了！"

"你可真难伺候！"

"我都快被烤焦了！在大太阳底下骑了8千米的自行车，抱怨几句都不行么？"

"拜托，把废弃的玻璃厂当作游戏场地，可比萨波河边酷多了！你试过在这么大的领土上当国王吗？"

"领土在哪儿啊？我的面前可只有一堵3米高的带铁刺的墙。"

"李奥，你有时候真让人扫兴。要知道，不费吹灰之力的探险是最无聊的探险！再过一个月，市政府就会把这个旧工厂拆掉，建成大

型游乐场;现在不进去,就再也没有机会了!
这堵墙上肯定是有通道的……我们只要绕围
墙一周,准能发现。"

　　"行,我先在阴影里凉快会儿。要说通道
嘛……"

我不理会他的话。我也一样热得受不了，但既然来了，只能继续下去；何况，每周三的下午除了玩探险游戏，还能有什么更好的安排么？

绕到另一侧时，我们发现那边的围墙已经崩塌，只有一米多高。于是，翻过烫脚的石堆，便踏上了我们的"领土"。

展现在我们面前的是一片广阔的空地，远处立着几间厂棚，墙壁脏兮兮的。光秃秃的地面已被太阳晒得爆裂开来，中间是个白色的土丘，足有十几米高。

"看看，咱们取得了多大的成就！好一片戈壁大沙漠，还有个小沙丘，别的就什么也没了。你之前还满口说是探险呢！"

"才不是沙子呢，是高岭土！这可是一种用来烧制陶器和瓷器的黏土。玻璃厂就建在高岭土的矿址上；而我想探访的正是这个矿山。等市政府开始施工，就来不及了。"

"过来，赛姆，咱们回家吧。我家冰箱里有好多冰镇饮料呢！"

"拿去，别闹了！"说着，我将自己的小瓶矿泉水递给里奥。"刚找到矿山，就想回家？我背包里连手电筒都带上了！ 再说……"

"什么啊？"李奥不耐烦地问道。

"再说，矿里总是很清凉的！ 你去了肯定很喜欢。"

临别留言

结果,李奥根本不喜欢这里。必须承认,才过了一刻钟,连我也觉得冒着中暑的风险来这么一个地方,实在不值得。

厂房里一派荒凉景象:屋顶残缺不全,地上布满钢材、石板和碎玻璃;其间有三个废弃的窑炉和一些发了霉的木板架,工具早已锈蚀得无法辨认了。

当下我差点就答应回家，也就等于硬着头皮承认探险失败；但这时，我在主厂房连着的一个小厂棚里，发现了矿井的入口。

　　"快看，有轨道从这里通往下面！虽然它看起来像个地窖的小门，不过我敢说，里面锁着的一定是入矿的推车轨道！"

　　"赛姆，说起这个啊，我唯一喜欢的推车就是超市的购物小车，得往里面装满覆盆子雪糕，再塞进一罐罐的冰镇苏打水！"他一边说，一边狠狠踹了一下地上的积灰。

　　我不睬他，从地上捡起一根铁棍，开始全

力对付门上的挂锁。

"那我先进去了啊！"

"赛姆，别丢下我！"

"听着，你愿意呢，就拿起手电筒乖乖跟着！咱们下去转一圈就回来。"

我们沿轨道间的枕木落足，慢慢下了矿。坑道的内壁黑乎乎的，只能看见前方不到20米的距离。行进很顺利，毕竟路只有一条，也还算宽敞。

往下走了10分钟，就到了岩石间开凿出的一个巨大的椭圆形矿洞，连通着4条窄些的坑道。地上是4只空空的矿车，旁边还丢着一堆十字镐和沾满泥浆的水桶。

"你瞧，多宽敞，像个小教堂一样！"我赞叹道。"那边墙上好像写了什么字，你去照照看。"

"我都觉得冷了！"李奥一边抱怨，一边举光靠近墙壁。

"我已将15年的汗水抛洒于此。署名，巴尔纳贝。永别了，我又爱又恨的矿井！热内。"我用庄重的腔调读着，回声四起。

"行了行了，读完了，咱们走吧！"

"等等，还有好多呢！"

我辨认着各种姓氏和名字，一些久远的日期，还有这些留言，显然是矿工们离开这里之前写下的。

"好了，我，我先回去了……"

"再等一下！咱们也算是抛洒汗水于此了，得告知全世界才行！"说着，我从地上捡起一根铁钉来，用尖头在粉脆的墙面刻下：

"在这里流过汗的不止热内一个……最后到此一游者：赛姆和李奥！"

"真不知你在搞什么！"李奥抗议道。

他带着手电，开始原路返回。

"喂！"我在明暗相交处喊道。

我跑去追他，却在乱堆的铁桶上绊了一

脚。被撞到的那只桶朝地上远处滚动，惹得岩洞发出巨大的回声，直变成一阵铿锵的轰鸣，把我吓了一跳。

"等等我！"

我在半路追上了李奥。

直到我们在外面找回自行车，他还在闹脾气。

下午的阳光让我们的回程又多了几分疲惫。黏稠的柏油路上伸展着我们的影子和路堤上灌木丛的树影。

印象中，骑了大概一千米左右时，在我身后骑车的李奥突然大叫起来：

"赛姆！！！"

我一脚踏地，停下来。

"赛姆！快看地上！"

"什么事，大惊小怪的？"我边说边打量着路面。

　　"你的影子呢？赛姆，你的影子不见了！"

　　我半信半疑地往身后的路面望去。地上有李奥的影子，有两辆自行车的影子，但是，没有我的！

　　起初，我觉得很好笑，但没过多久，我就笑不出来了。

三

残缺不全！

失去视觉的人是盲人，失去听觉，是聋子；失去语言能力，是哑巴；那么，失去影子的人有没有专门的称呼呢？

肯定没有，因为谁也不会失去影子……除了我。

那个周三的下午，我在地面上找了又找，也在同样恐慌的李奥身边找来找去，终于还是惴惴不安地回到家：我，我把影子丢了！

我安慰自己说：不管怎样，影子确实没有什么用处；何况也不会有人发现，我的影子不见了：谁会留心这么平常的东西呢？然而，一想到整个 6 月都要在大太阳底下度过，我又不安起来了。

　　我试着在床头灯的光线里玩中国式的手影，墙上却空空如也。努力了很多次之后，我

终于放弃了，关掉所有的灯，平躺在床上。我的海鸥、兔子、小鹿……那些我以前最会玩的手影，现在都不见了，失踪了；明明进矿井之前还有的！

真想不明白，究竟是怎样的"命运"降临在了我的头上？我越来越焦虑，心里盼着，影子明天就回来了。

"你不开灯在房间里折腾什么呀？"妈妈没打招呼就走进我的房间。

"别开灯！我，我也不知是怎么回事，一见光就眼睛疼。"我撒了个谎。

"中暑了吧！肯定是这么回事。"妈妈立刻下了结论，随即伸手在我的额头上摸了摸，"中暑不是很严重。出去吃晚饭吧，吃完再睡觉！只要你今晚好好休息一夜，明天就又活蹦乱跳的啦。明天你们上体育课，我去帮你收拾下要用的东西……"

我打了个哆嗦。明天学校里有篮球比赛！在操场上晒着大太阳，大家不可能不发现我的异样……没有了影子，我感觉自己就像缺胳膊少腿儿一样显眼！

李奥正在校门口等我。

"天哪，它居然还没回来！"他一见我走过来，就大声叫起来。

"你就可着劲儿喊吧！到了阴凉的地方再开口好不好……"

"赛姆，我昨天一晚上都在想这件事呢！毫无疑问，肯定是在矿井里的时候发生的！但是你想，为什么我却是好端端的呢？这也太奇怪了吧！"

"你现在看着我，能看出什么不对劲儿

吗？"我紧张得快崩溃了。

"一切都看起来很正常啊，赛姆，只缺了一样小东西而已。不过，就算没有影子，你也还是我的好朋友！"

虽然在李奥身上什么事情也没发生，我还是可以感觉到，他其实和我一样不安。

"我带上了你的手电筒，咱们得回去找找。今晚就去！"

"今晚是今晚,现在去上课!"雷让先生的声音吓了我们一跳。

"你们俩到底进不进校门?就这样一直靠着墙根?担心它倒了还是怎么的?再过15天就放假了,还不好好去上课!"

他是我们的校长,今天和平时一样,在校门口"阅兵"。我们赶紧穿过走廊开溜了。当然,要设法躲着太阳走才行。

上课的时候,我和李奥换了座位,以免坐在窗户边上。我一直盯着同学们的影子看啊看,整个上午,它们都随着光线的变化渐渐地缩短,在我们脚下铺的木地板上移动着,延伸到了桌椅的木腿上,就变成一条一条的。我多么羡慕他们啊!

我每时每刻都提心吊胆,唯恐某个同学突然对老师大声报告:

"老师,有件怪事!您瞧,赛姆身边的地

板！”

好在，这样的事情并没有发生。

唉！就算课间休息的时候，我可以沿着墙根走，为了躲开太阳四处绕路，可是下午的比赛怎么办呢？我是我们队投篮最准的，要是我申请一直坐在阴凉里的长凳上，大家肯定不会原谅我的。

比赛终于开始了……

真残酷啊！水泥地面上清清楚楚地照出了同学的影子！其他的影子都在，只少了一个……

我尽了最大的努力让自己专心打球，不去注意影子的事，但是，才过了 5 分钟，刚刚投了 3 个球，我就已经大汗淋漓，像刚从浴缸里站起来一样。这可不仅仅是因为比赛的缘故。

“喂，赛姆！我怎么看不见你的影子啊

……"场间休息的时候,打后卫的保尔突然对我说。

"你要是闲得无聊,不如好好想想下半场怎么传球吧!"我冷冷地说。

"没有,我是说真的,你看啊!"保尔坚持着。

"这有什么大不了的!不过,你小点儿声,别让别人听见,这是个秘密。"李奥来给我救场了。只听他一本正经地说道:"赛姆正在医院接受一种特殊的治疗,这种方法还处于试验阶段,可以治疗出汗过多。在这期间,他的模样会有点儿变化,而且有时他的气味也会受到影响!"

"是么?看起来,这种疗法不太管用啊!"保尔指了指我刚擦过汗的毛巾说。

"大夫跟我说了,要治很长的时间才见效……而且还有副作用。你要小心哦,听说等我

的影子回来之后，我的脾气会变得很坏，会流口水，还会咬人呢！"我认真地吓唬他说。

　　"我保证，他说的是真的……会咬出血的！到时候你就能在我的肩膀上看见牙印了！"李奥跟我一唱一和。

"呃……咱们去打球吧,又该上场了。"保尔傻乎乎地笑了一下,然后飞快地跑掉了。

"李奥,你真是我的好哥儿们!"

我本以为这样就可以躲过同学们的议论了,但我们真是低估了保尔。比赛还没结束,全班就有至少一半的人听说了我的特殊疗法。刚到更衣室,马斯就笔直地站在了我们的面前:

"我才不相信你编的什么治病的鬼话呢!"

"你真聪明,"我告诉他,"真实的原因是,我今天早晨把影子忘在晾衣绳上了。"

"什么?!"

"你从来都不洗影子么?呸,真脏!"

"不洗啊……呃,可是……"马斯又怀疑又惊讶,张大嘴巴愣了半天才反应过来,"你,你要我!我要告诉老师去!"

他走出更衣室,急着去告状了。这下我可完了,全学校的人,不,全世界的人都会一起嘲笑我的!

我最大的敌人是高温和烈日,但这时,它们突然饶了我。

刚走出更衣室,整个天色就暗了下来,空中发出一阵暴雨的巨响。

我不知道马斯是否告诉了老师,但至少下课铃响之前,老师一句话也没有批评我。我心里唯一的念头就是,在狂风暴雨之下骑车去 8 千米外的旧矿山,可比我们上次去的时候要痛苦 1000 倍。

四

捕捉影子

雨水在铁轨间汇成一道饱满的小溪，裹挟着泥浆向矿井里一路奔流。路变得又滑又难走，我们不知打了多少个趔趄，才到达地下的岩洞里，浑身湿透，疲倦不堪。洞里已经形成了一个大水潭，水越积越多，矿车的轮子全都淹在水里。

"咱们要找什么呀？"李奥把手电对准水潭，照出落脚的地方，我们淌水慢慢前进着。

"我也不清楚，李奥……我的影子就是在这里丢掉的啊！"我回答说，"记得当时墙上有一些留言……然后……对了，说不定是那个水桶有问题！我去追你的时候，碰倒了一个水桶，也许触发了什么机关呢……"

李奥没有在听我说话。他的整个表情都僵住了：

"它，它没有消失……赛姆你看！它就，就……就在那里！"他指着我左边的墙壁结结巴巴地说。

我果然看见它了！这情景太令人震惊，简直像有人狠狠打了我一拳。只见它正沿着渗水的墙面缓缓走动着，只离我几米远。它活着，在墙面上前进着，有时弯下身子，又重新站起来……

那确实是我的影子，和我的轮廓一模一样。可我不再是它的主人。它已经自由独立了。

我猛地扑了过去，但我刚要碰到它的时候，它却轻巧地向旁边跃开，躲开了我的捕捉。

在李奥的帮助下，我继续着荒唐的追捕，屡败屡试。自己追着自己的影子跑，多么恐怖的感觉啊！这场游戏非常累人。我们站在已没过小腿的积水里，凭着手电筒微弱的光照，毫无胜算。我的影子行动起来又机敏又迅捷，远远胜过我们。它对这里的一切了如指掌。

"咱们是不是应该把那个水桶放回原处啊！"我说道。

"那肯定不是正确的办法，"他指着水面上不远处漂着的一只水桶说，"赛姆，每次下雨，岩洞里都会积水，所以水桶会经常变换位置。"

"我还是想找到那只桶！"

"赛姆，水面越来越高了，咱们必须走了！"李奥担心地说。

而在我和李奥之间的墙面上，我的影子还在走来走去，水已经淹过了它的大腿。

从头顶上传来了一阵雷声，矿井外面的暴雨比刚才更加猛烈了。我仔细地看着墙壁上矿工们写下的话语，突然间，一条之前我没有看见过的留言吸引了我的目光，内容很奇怪：

"但凡有人敢玷污这里，
都要留下一部分身体。"

"我应该把咱们的名字擦掉！"我大喊起来，"我没有权利在这里写字的！"

我赶紧扑到墙面上，使出全身力气，想用指甲刮去我和李奥的名字。有好多好多个字母，我的手指都出血了。李奥举着手电筒尽力给我帮忙。不知为什么，岩石的表面似乎比我那天写字的时候坚硬多了……

"赛姆，别弄了，咱们快出去吧！就算一辈子没有影子，也比淹死在这里好！"

"再等等……现在有几个字母还能认得

出来！"

　　我发了疯一样的用捡来的石头刮个不停，只是这些石头质地太软，根本起不了多大作用。

　　"赛姆，咱们真的该走了。以后再来好不好？明天，后天，咱们有的是时间，赛姆！！！过会儿坑道整个淹满了水，我们就出不去了……"

　　我不听他的，精疲力竭地继续刮着墙面

……手指上都是血。终于,我把自己写的留言擦得干干净净。可是,影子还是不肯回到我身边。

我转向影子,眼里含着绝望的泪水,疯了一样地试着和它讲话:

"求求你了,回来吧……我已经努力要把这里恢复原样了……我很想和你在一起。你才消失了一天,可我却已经非常想念你了!咱们回家以后一起在我房间的墙壁上玩手影好不好?海鲈鱼啊,猫头鹰啊,小兔子啊……只要你愿意的话,我还可以教你别的玩法……请你回来吧!"

"你忘记了一样东西,赛姆!"

我的影子开口回答了!我浑身发抖。它的声音比雷鸣还要响亮,震得整个矿井都动了起来。虽然那的的确确是我的声音,可语气却比我庄重得多:

"你把自己不该写的字擦去，这是对的。但是，你忘记了这个……"

我的影子递给我一个矿泉水瓶。是昨天我和李奥一起喝掉的那个瓶。在读墙上的那些留言时，我随手把它扔在地上了！

"这里保留着工人们的回忆。他们在这里进行了艰辛的劳作。而你，不仅把这里当作游戏场，还当成你的垃圾桶！把你的垃圾从这里带走！要是你们今天不回来找我的话，我差点就永远离开你了！"

我哆嗦得像一片风雨中的树叶。从影子手里接过那个瓶子，一句话也没敢说。双腿淌着满是泥浆的水流，我们俩艰难地回到了地面。

关上矿井的门，离开这个废弃的工厂的时候，我突然发现自己的影子已经回来了。它像平时一样，随着我的每个动作配合地移动着。

但它并不是永远伴随在我身边……

新的游乐园建好之后，我和李奥一起去了三次。每次，都会有那么一两个小时，我的影子会离我而去。

原来的矿井已经被一面厚实的墙壁堵住了。但我知道，影子已经走回坑道深处，在巨大的地下岩洞里慢慢地散步，回忆着夏天里那个获得自由的日子。那里不属于我，而属于它……

目 录

一

45

于贝尔·本·凯蒙

　　赛姆和李奥的那些神奇的探险故事其实和于贝尔本人的童年经历一点儿也不像。在他居住的南特市，并没有这种可以和伙伴一起探险的矿井。而且，在故事主人公的年纪，于贝尔还是个彻头彻尾的胆小鬼，根本不敢到深深的矿井底下去。为了补偿这种遗憾，他只好成为一名作家。而他心里那些还没写出来的故事，就像影子一样无时无处不跟随着他。

托马·埃雷茨曼

　　他于 1974 年生于米卢斯，几乎一生下来就爱上了连环画。不过，直到从斯特拉斯堡装饰艺术学校毕业之后，他才终于在 2000 年于戴乐古（Delcourt）出版社出版了自己的第一本个人作品集。于此同时，他也从事插画家的工作。到了今天，他自己也说不好，连环画和插画，他究竟更爱哪一样……

史文心

　　在旅游景点和公共区域，"禁止涂鸦"和"请勿乱丢废弃物"的标语随处可见，然而，那些没有标语的地方，我们同样应当用心保护。对于驴友们来说，不管是攀登雪域高原，还是深入无人大漠，随身带走自己的垃圾，都是大家默认的规则。连我国南极探险的科考船"雪龙号"，每次返航都要带回几百吨垃圾，我们又怎能拒绝随身带走几只空塑料瓶的举手之劳呢？

© éditions Nathan (Paris–France), 2006 pour la première édition
© éditions Nathan (Paris–France), 2010 pour la présente édition
Loi n°49956 du 16 juillet 1949 sur les publications destinées à la jeunesse
ISBN 978-2-09-252796-2
N°éditeur : 10166513 – Dépôt légal : mars 2010
Imprimé en France par Pollina–n°L53082

丛林惊魂记

[法]于贝尔·本·凯蒙 / 著

[法]托马·埃雷茨曼 / 绘

史文心 / 译

"亚马逊雨林的印第安部族把这种项链叫做'喀昂'。每当有人外出打猎的时候,就会在上面抹些泥土,然后戴在脖子上。据说,这可以让他们和大地、天空、河流,同整个大自然和谐沟通。我不知道这种珠子有什么来历,但是部落里传说,正是这些珠子使得他们成为大森林的主人,保佑他们平安无事。赛姆,我可以保证,在亚马逊雨林之外,你是全世界唯一拥有这样一件宝贝的人!"舅舅用严肃的语气对我说。

遗憾的是,赛姆并不是它唯一的主人……

勇敢者的棋局

图书在版编目(CIP)数据

塞姆:小勇士奇幻事件簿/(法)凯蒙著;(法)
埃雷茨曼绘;史文心译.—青岛:中国海洋大学出版
社,2011.7

ISBN 978-7-81125-765-6

Ⅰ.①塞… Ⅱ.①凯… ②埃… ③史… Ⅲ.①儿童故
事—作品集—法国—现代 Ⅳ.I565.85

中国版本图书馆 CIP 数据核字(2011)第 154370 号

出版发行	中国海洋大学出版社		
社　　址	青岛市香港东路 23 号	邮政编码	266071
出 版 人	杨立敏		
网　　址	http://www.ouc—press.com		
电子信箱	WJG60@126.com		
订购电话	0532-82032573(传真)		
责任编辑	魏建功	电　　话	0532-85902121
印　　制	山东鸿杰印务有限公司		
版　　次	2011 年 7 月第 1 版		
印　　次	2011 年 8 月第 1 次印刷		
成品尺寸	140 mm × 190 mm		
印　　张	15		
字　　数	146 千字		
定　　价	88.00 元(全套 10 册)		

勇敢者的棋局

[法]于贝尔·本·凯蒙 / 著

[法]托马·埃雷茨曼 / 绘

史文心 / 译

中国海洋大学出版社

·青岛·

一

最美的花朵

　　每到天气晴朗的日子,萨波河边的公园里满是踏青的人,像圣诞前夜的商场一样熙熙攘攘。踢足球的,放风筝的,到处都是;自然也少不了窃窃私语的情侣,还有带着整篮子食物来野餐的人。

　　我和李奥喜欢掷飞盘,而公园里大片的草坪正是最完美的场地。这天是周六,李奥带来了他亲戚家的女儿，名唤佳梅，一同参与我们俩的"高手对决赛"。她和我们年纪相仿，这个假期要在李奥家住上两周。在我看来，公园里最美丽、最可爱的花朵，就是佳梅！没想到，她的飞盘也玩得很棒。总之，她的每一点都惹人喜爱。

　　起初，我们在圆形大水池边上展开了比拼；但没过多久，我们就不得不寻找新的场地：几个小朋友正在池边测试他们的遥控帆船和摩托艇，他们的家长当然不高兴看到飞盘在他们头顶上飞来飞去，随时有伤到他们的危险。于是，我们往一旁的大棋盘走去。

所谓的大棋盘是一大块方形的草地，园丁们把草皮分割成了整齐的方格。要想下棋，就得站在棋盘上，用力挪动巨大的棋子。棋子分黑白两色，雕刻得很是精美。这天，棋盘上空荡荡的，棋子随意地散落在不同的格子上，却看不见任何下棋的人。

"这块地方很合适嘛！"佳梅下了结论。

"象棋这种玩意儿，无聊得要命！一看就头晕！我爷爷下象棋的时候，好半天才走一步棋，我还以为他睡着了呢！"

"李奥，我只是说地方很合适，又没说咱们要在这儿下象棋呀！"佳梅笑着反驳了他。

我对她的观点表示赞同，当然不仅仅是为了讨好她的缘故——虽说她有着红色的头发和深色的眼睛，是个真正的小美人儿。

我们找到的是公园里唯一人迹罕至的角落。在这儿，我们既不必担心飞盘撞伤慢跑经过的健身爱好者，也不必害怕打扰在草地上寻找四叶草的痴心人。毕竟，我不得不承认，虽然我们自称高手，但飞盘仍然时常不听话地落在地上。

　　我们怎能想到，这里也正是公园里最危险的角落……

谁的王后

我们站成三角形，开始了游戏。没过一会儿，我就发现李奥有些不快，因为我几乎每次出手都把飞盘掷向漂亮的佳梅。这让李奥多少有些被孤立的感觉，为了报复，他越来越用力地抛出飞盘，让我们越来越难接住。我也抓住机会，一次次亮出更有技巧性的跳跃，以及更快速的奔跑。这样做不仅可以接到飞盘，更重要的是，也可以给佳梅留下好的印象。

在女生面前表现自己，这可不是我平时的风格。但是，这天下午，我不由自主地想要这样做。赢得佳梅的欢心这会儿变得和接住飞盘一样重要了。

她弹跳起来去捉飞盘的姿态是多么优美！她掷出飞盘的双臂又是多么灵巧！有时，她跳向树林边；有时，她盯住空中迎面而来的飞盘，一路退到棋盘中央去。有一次，也正是在后退的时候，她来不及注意身后的棋盘，不小心撞翻了一个棋子。不得不说，那一次李奥发出的飞盘格外凶狠，难以对付。

"啊哈，看来你动真格的了？来吧，接我一招！"说着，她用尽力气，从棋盘中央将飞盘掷向李奥。

　　飞盘一跃而起,从李奥右侧擦过。我兴奋
地看着他随之追去。在我身后飘出一阵女孩
子悦耳的笑声。

　　李奥还没有追上。太难了。

　　我差点想拿裤兜里所有的钱打赌,赌他
这次根本拦不住飞盘;可是,只见他一直往远
处跑啊跑,不知跑到什么时候才停住。

我突然发觉，那阵动听的笑声戛然而止，便立刻转过身去。对我而言，这无异于佳梅在喊"救命"，一定有什么事情发生。

果然。只见20米外，黑方的兵士正在棋盘上聚集成一道屏障，手中的兵器齐刷刷地向我指来。后面则耸立着两座高高的城堡，另有两位警觉的骑士①，他们胯下的骏马正踢踏着地面，发出不耐烦的长嘶。

"是我眼花了吗？佳梅哪里去了？"李奥刚刚跑过来，喘着粗气问我。

"我也不知道，刚才她还在这里，然后就……"

我没来得及说完，就远远看到，佳梅夹在两个主教之间，落在了黑方国王的手里。她原本闪亮的目光此刻变得空洞而呆滞。国王牢

---

①国际象棋中的"骑士"、"主教"又称"马"、"象"。

牢抓住她的肩膀，用严肃的语气对我们说：

"我之王后，被她撞倒！新的王后，由她担任！"

"新的王后"？这个女孩子就算是也是我们之中某一位的王后，肯定轮不到他吧！

我不理他的话，毫不犹豫地冲上前去，正要救下佳梅，却只听国王继续用死气沉沉的声音说道：

"这个少年，偷我王后！传我命令，立即斩杀！"

三

落入虎口

谁能想象得到,公园里简简单单的一个棋盘游戏竟然会变成一片激烈的战场?

谁也想不到!

又有谁能想象得到,在城堡棋子的顶端居然藏着追击炮,不断地喷射出钢铁炮弹?主教们竟能以闪电般的速度沿斜线冲来,只为阻止我接近佳梅？全副武装的骑士跳格前进，以变幻莫测的剑法令我止步不前？

至少，我，永远也想不到！否则的话，我绝不会盲目地加入这场战斗中。李奥也一定想不到，他随口说的话竟然变成了真的：象棋是一种"要命"的游戏！

周围一片混乱，混杂着各种喧哗和叫嚷，简直是震耳欲聋的地狱景象。我飞奔着穿过棋盘，护住脸部以免被凌厉的炮弹炸伤，寻找着棋盘的出口。这边，一个四面设防的城堡在朝我开炮；那边，一个突然出现的士兵阻拦了我的去路。而我，也不过是这棋局里的一个小兵罢了。唯一能照应我的小兵，则是站在棋盘边缘、手无寸铁的李奥。

　　"赛姆,小心!你右边有个骑士!别从那边
走,后面有个主教过来了!"

　　不知哪儿又冒出一个黑方的士兵,吓得
我尖叫起来。他在我头上高高举起一根满是
尖刺的狼牙棒。来不及躲了!难道我要这样死
在一个来自不同时空的兵士手下?而这一切,

都只是为了去救一个我甚至从未拥抱过的女生！

我闭上了眼睛，准备乖乖受死。正当我听见那木棒"嗖"地落在我脖子后面两指远的地方之时，一只手有力地从后面把我抓住了。

"你已安全！站在我的棋格里，无人再敢加害你！"

我睁开眼睛，看见的是黑方王后微笑的脸，正努力做出令人安心的表情。果然，黑方士兵的袭击随即停止，但这也只是战斗中一个小小的间歇罢了。

"我的国王，奥克塔夫，我最了解！谁若试图，夺走王后，他必不容！倘若有王无后，国王一文不值！"

"但是，王后陛下，我本来也不想……"

"你的朋友，撞倒了我！我的国王认定，你们蓄意进攻！"

"那只是个意外！她不是故意的！"我结结巴巴地说，"佳梅不是要……"

"我的脚踝，不幸扭伤！国王有心，挑选继任，你的朋友，已然选上！国王风流倜傥，佳梅年少漂亮！"

"但我必须带她离开这里！"

"你若胆敢，接近姑娘，黑方士兵，必然反抗！你还未到边界，只怕已成碎屑！奥克塔夫待她，如同王后一样！"

"他疯了！"

"请你等我，脚踝痊愈！时间只需，一盘棋局！"

"如果没有人来下这盘棋，怎么办呢？"

"你们两个，永远留下。"

我浑身发抖。她已经以世上最平静的语调向我宣布，如果不展开棋局，那么我和佳梅就将日日夜夜地被监禁在这个棋盘上，无法离开。我绝望地看了佳梅一眼，她仍然被控制在奥克塔夫国王的手中。只要我稍微动弹一下，我能感觉到，黑方的士兵将会在瞬间让我变成碎片。而另一侧，李奥正在棋盘边来回踱步。他也许是我们最后的机会了。

"李奥！你必须来下这盘棋！"我向他喊道。

"下棋？可我是个象棋白痴啊。"

"我了解一些基本的规则，所以我知道，总是白方先走棋！也许，只要你挪动一个卒子，我们的厄运就会停止！"

"这么简单？只要随便挪一步棋就好吗？"李奥问。

"我希望是这样！"

李奥跑到白方的棋盘上，从旁边捡起一根树枝，把一个卒子往前推了一步。

一开始，似乎什么事情都没有发生。

"你的主意，非常古怪！"黑方的王后拽着我的手臂，带我一起离开了棋盘。

她走起路来有些跛。

"待我康复，莫要心急，想救朋友，先得下棋。黑白比拼，战斗在即；最为激烈，无人之局！"

"您说的话是什么意思啊？"我问道。

"白棋一动，开局便定，如同我们对决夜色中。"

原来如此，当夜色降临，公园里空无一人，棋子们竟然会自动对弈?! 我这才意识到，我给了李奥最糟糕的建议，我们是不可能这样救出佳梅的。

"我方军队，严阵以待！一盘新棋局已开！"

说话的是奥克塔夫国王，我确信，他的声音里带着笑意。

四

兵戎相见

我们吃惊地看着眼前的战争仿佛一场舞剧般拉开了序幕。黑方的棋子和白方的棋子像是由隐形的魔力控制着，自动地按照规则前进。白方宣战之后，黑方毫不迟疑，随即应战。先是双方的兵卒展开厮杀，然后是骑士，等到连主教也投入了战斗的时候，战斗的激烈达到了前所未有的情形。

平时，在公园里散步的人们也偶尔会来这里下一盘棋，但眼前的棋局完全是另一回事：每当一方棋子吃掉了对方的棋子，后者会被某种难以置信的力量粗暴地扔出棋盘。黑方的王后依然穿着夜色般的长袍，停留在棋盘边缘，似乎在观望着战局进度，随时待命。而李奥和我的眼睛一直盯着佳梅。到现在为止，奥克塔夫国王还没有派她上战场。

"奥克塔夫，让我在他们的防御右侧打开一个缺口吧！有了骑士们的协助，我只需三步，就可以跳到他们的王后面前！"

听到佳梅的声音，我战栗了一下。她不等国王的指示，就仿佛被催眠了似的行进起来，一路斜线穿过棋盘，跳到了距白方的王后只有两个格子的位置。此时，她离我们也仅有30厘米远。我和李奥见她停下，二话不说，就默

契地一起冲了过去，想要用力把她从格子里
拽出来，同时也小心地不让自己的脚踩上棋
盘。我们两个使出了全身的力气。为了唤醒
她，也为了给自己打气，我大声地喊了一声。
但是，不管我们怎么用力，就是无法让她离开
棋盘！仿佛有一股来自地狱的力量把她囚禁

在了格子里。我全部的心思都聚集在救佳梅的事上，竟没有注意，身后的主教向我们掷来了一根长矛。它准确地插在了棋盘边缘，离我的球鞋只有几毫米远。

李奥吓得大叫一声，而我，也在恐惧之下放开了佳梅的胳膊。

"棋局已开，无法中止！"白方的国王在他的地盘上宣告。

就这一会儿工夫，佳梅已经走远了。她只跳了两步，就打败了一个卒子和一个城堡①，二者先后被抛出棋盘，猛地飞落在草地上。然而，白方的王后带着一个骑士和两个卒子，已经把她围住了。

"李奥，快想个办法！一定有法子可以把她救出来的！李奥！！！"

————————————

①国际象棋中的"城堡"又称"车"。

我完全绝望了，但我的朋友并不比我好到哪里去。目前,白方和黑方的棋子已经分布在棋盘各处,在他看来,只要我们涉足其中,就是个确定无疑的"死"字。

"我也不知道！"他喃喃地说,"也许可以用飞盘试试看……"

"你在开玩笑吗?! 一个塑料飞盘,怎么对付弩弓、长矛和宝剑? 必须是很强大的武器才行！"

此时,佳梅已经战胜了白方的王后。我不知她走的究竟是一步漂亮的好棋, 或仅仅是一步运气不错的棋而已。只听黑方阵营中响起了一片喝彩。

"现在,白方为了获胜,一定会想办法干掉佳梅的！"李奥沙哑着嗓子说道。

"可是,如果是黑方胜出,那么奥克塔夫

国王也许就永远不愿意把她放走了！"我答道。

"将军！"佳梅在棋盘中央大喝一声。

"一定要找到比战争更强大的东西才行！"我不知所措地重复着这句话。

最强大的力量

棋子们停止了拼杀。佳梅静静等待着白方的反击，不可思议的紧张气氛笼罩着整个棋局。

是黑方的王后打破了沉默：

"这一结局，我已警告！奥克塔夫要获胜，小王后定然牺牲！"

"牺牲?!"

我失魂落魄地看着眼前的一切：安静的佳梅，目空一切的国王，正在策马前进的骑士，几个挥舞着武器的小兵。他们身后，是一个保卫白方国王的城堡。我明白了，这一步棋，要让佳梅出局的正是它。而下一步棋，又将轮到黑方的进攻，他们会就此大获全胜。佳梅眼神空洞，一滴泪水从她的眼角落下。但那不过是一滴眼泪而已。她即将被炮弹击中，也许，从此就永远地消失。

　　我心里反复地想着，比他们的武器更厉害的武器、比战争更强大的力量到底是什么……啊，我真是个傻瓜，我明明拥有这样一件武器的啊！

　　我冲上棋盘，飞快地穿过一个个棋格，许多支箭立即从四面八方向我飞来。我每跑一步都躲不开炮弹的轰炸，一连跌了好几跤。但我只有一个目标，那就是，跑到佳梅的格子里！

我跑到那里的时候浑身是土，肩膀也脱了白，但我毫不迟疑，因为那最强大的力量，此刻就同我在一起！我把佳梅揽入怀中，在她的嘴唇上轻轻吻下。

"棋局取消！"白方国王宣布。

"太遗憾了！差点赢了！"黑方国王气恼地说。

佳梅因为这一吻的力量醒了过来。她惊讶地看了我一会儿，然后在我耳边悄悄地说：

"原来我的象棋下得很不错呢！"

就这样，我消除了她身上的魔法，把自己的初吻献给了一位王后，一位真正的王后！

棋子们默默注视着我们离开他们的领地。

"我的脚踝，舒适得多。奥克塔夫，等我回家！"是黑方王后的声音。她看着我们同李奥

39

一起匆匆逃走，又加了一句：

"这个少年看起来，热情又可爱！"

过了很久，直到我回到家里，才感到肩膀上剧痛无比。

妈妈在浴室里发现我全身到处青一块紫一块，坚持认为，我一定是和别人打架了。我发誓说绝对没有，但她不信。没办法，为了那个吻的秘密，我只好保持沉默。

目 录

一

于贝尔·本·凯蒙

于贝尔虽然会下象棋，但他下得很糟糕，每次都输掉！好在，他的弹子球玩得还不错。他家住在南特市，正是在那里，他教自己的两个小儿子在地毯上玩弹子球。没想到，他们刚一学会，于贝尔就再也没有赢的时候了。他不仅不生气，还高兴得很呢！……这种心情，就像他把大大小小读者拖进自己写的故事里一样快乐。于贝尔面对自己笔下的人物们，也会感觉自己在下一盘完全不同的棋局，幸运的是，作为作者，他可以任意地决定他们的输赢。

托马·埃雷茨曼

托马听说新书的题目是"勇敢者的棋局"时，惊讶极了，甚至有点儿失望……他在想，难道自己整本书的插图都要画赛姆和李奥一本正经地坐在棋桌旁边，讨论着象棋的战术吗？就这么乖乖坐着，自然也没有什么冒险故事会发生了啊！那多没意思！不过，当读过作者的故事后，就松了一口气，书里的棋局比现实中的棋局要活泼有趣得多啦！于是，他又可以按照自己喜欢的方式来画他们了：赛姆和李奥像两个小英雄一样迎难而上，勇往直前！

史文心

在古代的印度，有一种叫做恰图兰卡的游戏，它是所有象棋的祖先。它往东传入了中国，经过一系列的演变，在宋代成为我们熟悉的中国象棋；而往西，它又从波斯传到了西班牙和英国，在15世纪的欧洲形成了现今的规则，也就成为了书中的国际象棋。认真比照一下就会发现，国际象棋和中国象棋的棋子虽然名称不同，但都是彼此对应的，你能对上号吗？

©éditions Nathan (Paris – France), 2010

Loi n° 49956 du 16 juillet 1949 sur les publications destinées à la jeunesse

ISBN : 978–2–09–252503–6

N° d'éditeur : 10158566 – Dépôt légal : avril 2010

Imprimé en France par Pollina – n°L52713

绿色变形记

[法]于贝尔·本·凯蒙 / 著

[法]托马·埃雷茨曼 / 绘

史文心 / 译

"赛姆,你看,这就是鸡冠楸的种子!"

木箱底部排列着 30 来颗深棕色的小种子。我极力说服自己,这些是极为珍贵、极为罕见的东西,可是我不管怎么看,它们都只不过是些灰溜溜的玩意儿,和超市里蔬果区卖的榛子之类的坚果没什么区别。

"那我就把它们托付给你了,赛姆!把小木箱放进冰箱里吧。不许胡闹,听见没?"

当然,我保证不会。至于后来发生的一切,那可真的不怪我。

让赛姆无奈的是,这个世界上总不会缺少胡闹的人,他的身边就有一个……